쿠바에
애인을
홀로 보내지 마라

쿠바에
애인을
홀로 보내지 마라

2014년 11월 21일 1판 1쇄 찍음
2014년 11월 28일 1판 1쇄 펴냄

지은이 배영옥
펴낸이 김남일
편집 이호석, 박성아, 이승한
디자인 김현주
관리·영업 김태일, 박윤혜

펴낸곳 (주)실천문학
등록 10-1221호(1995.10.26)
주소 서울특별시 마포구 월드컵로10길 48 501호(서교동, 동궁빌딩)
전화 322-2161~5
팩스 322-2166
홈페이지 www.silcheon.com

ISBN 978-89-392-0725-7 03810

이 도서의 국립중앙도서관 출판시도서목록(CIP)은 e-CIP홈페이지(http://www.nl.go.kr/ecip)와
국가자료공동목록시스템(http://www.nl.go.kr/kolisnet)에서 이용하실 수 있습니다.
(CIP제어번호:CIP2014034382)

배영옥 여행 산문집

글 | 사진 배영옥

실천문학사

맨얼굴의 자유를 찾아 쿠바로

등단 13년 만에 첫 시집 『뭇별이 총총』을 출간한 후 망연자실, 후유증에 빠져 있었었다. 어떻게 시를 써야 할까? 이제 어떻게 살아야 할까? 마치 시와 삶이 한 몸이었던 것처럼 두 물음은 내게 하나로 다가왔다. 게으름으로 등단 13년 만에 첫 시집을 출간한 주제에 이 무슨 근거 없는 고민인지 스스로도 이해할 수 없었다. 해답 없는 막막한 물음이 꼬리에 꼬리를 물고 계속 뇌리를 맴돌았다. 내 안의 모든 것을 까발린 것처럼 속이 헛헛했다. 안락한 현실에 안착해서는 더 이상 어떤 상상력도 발휘할 수 없을 것 같았다. 그때 문득 꿈처럼 그려오던 쿠바로 떠나고 싶다는 생각이 들었다. 인생의 터닝 포인트를 찍으며 나를 찾아가는 긴 여행을 시작해야 할 때였다.

그때 나는 카잔차키스의 『그리스인 조르바』를 읽고 있었다. 세상의 이목에서 자유로운, 온몸으로 세상의 이치를 깨달은 인간의 표상인 조르바를 한동안 삶의 길잡이처럼 의지하였다. 조르바처럼 살고 싶다는 꿈을 쿠바에서 실현할 수 있을 것 같았다. 왜 쿠바인지 알 수는 없었지만 조르바가 현재 살아 있다면 꼭 쿠바에 있을 것만 같았다. "내 삶을 풍부하게 해준 것은 여행과 꿈이었다."라는 카잔차키스의 고백은 말 그대로 내게 운명처럼 다가왔다.

유난히 소심하고 부끄러움이 많은 나는 이상하게도 쿠바라는 말만 들어도 설레곤 했다. 〈부에나 비스타 소셜 클럽Buena Vista Social Club〉이라는 영화를 보았을 때, 살사 음악이 흐르는 말레꼰을 혼자서 걷는 상상을 한 적이 있었다. 파도가 넘실거리는 말레꼰을 걷는 생각만으로도 온몸이 흥분되어 짜릿할 정도였다. 이제껏 단 한 번도 한국을 떠나본 적이 없었지만, 그때 이미 나는 첫 해외 여행지를 쿠바로 결정했다.

체 게바라Che Guevara와 나는 6월 14일에 태어났다. '언젠가 체 게바라와 나는 쿠바에서 조우할 운명이었던 거야', 나는 마음대로 운명이라는 말을 신봉했다. 자유를 사랑하는 쌍둥이 별자리의 특성인 이상주의적 성격은 혁명에 잘 어울린다고 생각하며, 나는 쿠바로 떠날 온갖 핑계를 찾기 시작했다.

체 게바라와 피델 카스트로Fidel castro 그리고 아직 끝나지 않은 쿠바 혁명과 자유로운 음악과 살사의 격렬한 춤, 검게 그을린 피부가 햇살 아래 반짝이며 생동감으로 넘치는 쿠바에서, 현재 살아가는 사람들을 만나 알 수 없는 갈증을, 내 삶의 정체성을 확인하고 싶었다. 『체 게바라 평전』을 읽으면서 체 게바라는 대체 무엇을 위해서 고국 아르헨티나를 떠나 쿠바 혁명에 자신의 젊음과 인생을 투신했을까 궁금했다. 꼭 쿠바로 찾아가서 확인을 해야 했다.

떠나고 싶다는 갈망만으로 무언가를 저지르기에는 솔직히 만만치 않은 나이었지만, 이미 나는 세상 사람들이 정해놓은 룰에서 조금 비켜나 있는 사람이었다. 자본주의 사회에서 시장 경제와는 거리가 먼 시인이라는 직업을 가지고 있으며, 아직 결혼을 하지 않은 독신인 여자. 이것이 내 본모습이었다. 달리 생각해보면 어떤 불가결한 관계에 얽매여 있지 않으니, 떠나기에 홀가분한 아주 최적의 조건인 셈이었다. 애당초 버릴 것이 없으니 인생에 단 한 번 마음이 시키는 대로 결심하기까지 오랜 시간이 걸리지 않았다.

쿠바로 떠난다고 했을 때 주위의 반응은 하나같이 왜 하필이면 쿠바냐고 물어왔다. 사회주의 국가이고 한국과 미수교국이며 치안이 위험한 중미 국가라는 것이 그 이유였다. "체 게바라는 이미 한물간 아이콘이라구!" 친구는 세상 물정 모르는 나를 어떻게 해야 할지 모르겠다는 듯이 바라보았다. 그러면서 알게 된 점은 주위 사람들이 하나같이 미지의 쿠바를 동경하면서도 쿠바에 대해 일종의 두려움을 가지고 있다는 사실이었다. 한국과 쿠바의 지리적 거리만큼 마음의 거리 또한 멀었다. 시가, 살사, 체 게바라, 피델 카스트로, 성공한 혁명 이것이 사람들이 쿠바에 대해 아는 것의 전부였다. 지금 생각해보면 그 머나먼 곳을 여자 홀로 떠난다고 하니 걱정하지 않을 수 없었을 것이다.

우선 쿠바에 대한 정보를 최대한으로 찾아야 했다. 인터넷으로 검색하고, 주변 사람들에게 수소문한 뒤 정보를 모으고, 쿠바에 대한 몇 권의 여행 책을 찾아 읽었다. 하지만 현재의 쿠바를 정확하게 알려주는 정보들은 없었다. 쿠바에 대한 영화를 보고, 책을 읽고, 스페인어를 배워도 쿠바는 손에 잡히지 않는 신기루처럼 저 멀리서 나타났다가 재빨리 사라지곤 했다. 내가 정말 쿠바에 가긴 갈 수 있을까? 여행을 준비하는 몇 개월 동안 스스로도 확신할 수 없는 쿠바에 나는 조금 지쳐 있었다.

비행기를 예약하고 경유지인 파리에 호텔 예약을 마쳤다. 쿠바로 떠날 날짜가 점점 다가오자 나는 조금씩 두려워지기 시작했다. 대체 내가 무슨 일을 저지른 걸까? 내가 미친 건 아닐까? 나는 인생 최대의 사건을 저지르고 홀로 마주칠 미지의 세계, 쿠바에 대해 커져가는 공포를 애써 떨쳐보려 했다. 하지만 이미 일은 저질러졌고 정신을 차리자 나는 파리를 경유해서 쿠바로 향하는 에어프랑스 일반석에 앉아 있었다.

파리행 비행기 안은 마침 겨울 방학을 맞아 유럽 여행을 떠나는 남녀 대학생들로 가득 차 있었다. 그들의 건강한 젊음이 부럽고 그들이 혼자가 아니라는 사실이 내심 부러웠다. 홀로 떠나서 삶의 의미를 찾아보겠다는 내 섣부른 결심은 이국의 상공에서 이미 조금씩 흔들리고 있었다. 2011년 11월 22일. 드디어 나는 맨얼굴의 자유를 만날 수 있는 곳, 쿠바로 향하는 긴 여정을 시작했다.

차 례

part 1.

꿈꾸는 열대

part 2.

웃고 즐기고 사랑하라

part 3.

미 아모르 쿠바

part 4.

오리엔테, 태양의 노래를 부르다

part 1.

꿈꾸는 열대

비엔베니도 엔 쿠바

쿠바에 오신 걸 환영합니다

중간 기착지인 파리 라디손 블루 호텔에서 하룻밤을 지내고 다음 날 아침, 드골 공항에 도착했을 때였다. 나는 드문드문 눈에 띄는 동양인들이 혹시 한국인이 아닐까 두리번거리며 귀를 쫑긋 세웠다. 한국을 떠난 지 겨우 하루 만에 벌써 한국이 그리웠다. 한마디쯤 한국어를 듣고 싶었지만 들리는 것은 성조 높은 중국어뿐이었다. 어젯밤 잠들기 직전 들었던 윤도현 밴드의 〈가을 우체국 앞에서〉의 한 대목을 흥얼거리면서 나는 두고 온 정인을 그리워하는 기분이 들었다. 한국을 떠나 와서야 한국어를 그리워하는 아이러니라니……. 그동안 모국어로 시를 쓰면서도 모국어에 대한 그리움을 이토록 절실하게 느꼈던 적은 처음이었다.

반년의 여행 준비 기간 동안 몸과 마음에 쿠바를 품고 살았다. '쿠바'라는 말만 들어도 가슴이 떨리던 시간을 지내고나니 이제는 이웃처럼 익숙한 이름이 되어버렸다. 호세 마르티 공항에 도

ART Gallery

착했을 때, 마침 어스름이 짙게 내린 저녁이었다. 착륙 직전 쿠바의 야경을 내려다보는데, 마치 전생의 인연을 만난 듯 묘한 느낌이 들었다. 따뜻한 온기로 가득한 수천 개의 불빛이 지키고 있는 작은 섬나라. 미국의 경제보복 조치에도 끄떡없는 『이상한 나라의 앨리스』의 나라. 오랜 시간의 비행도 파리의 피곤했던 하룻밤도 모두 잊힐 만큼 마음이 푸근했다.

비행기가 무사히 호세 마르티 공항에 착륙하자 비행기 안의 모든 사람들이 박수를 치며 환호했다. 쿠바라는 이름이 사람들의 마음을 사로잡는 순간이었다. 피부색, 눈동자 색깔, 언어, 남녀 차이는 아무런 상관이 없었다. 쿠바에 도착한 순간 우리는 모두 하나가 된 것이다.

공항에 마중 나온 헤수스는 '배영옥'이라는 한글 이름표를 거꾸로 들고 있었다. 비엔베니도 엔 쿠바(쿠바에 오신 걸 환영합니다)라는 스페인어 사이에 뒤집어진 한글 이름 자모가 참으로 낯설었다. 이 먼 이국땅에서 내 이름표쯤 거꾸로 들고 있으면 어떠랴.(이 때부터 나는 '모니카'라는 새로운 이름으로 불렸다.) 나는 낯선 땅에서 의지할 수 있는 사람을 만난 것만으로도 감격해서 사소한 실수 따위는 눈에 들어오지 않았다. 올라!(안녕!) 그리고 손을 흔드는 것이 내가 할 수 있는 전부였다.

헤수스는 입국 수속을 밟는 것을 도와주고 짐도 들어주며 낯선 외국인들 사이에서 나를 든든하게 지켜주었다. 수하물이 돌고 있는 컨베이어 벨트에서 가방을 찾으려는 찰나, 공항 전체가 캄캄해졌다. 정전이었다. 사람들도 컨베이어 벨트도 어둠 속에서 일단 정지. 국제공항에서 정전이라니. 오늘만 해도 벌써 두 번째 정전이란다. 그 와중에도 바로 옆 대머리 아저씨는 연신 시가 연기를 몽글몽글 피워 올리고 있었다. 나는 눈앞을 가리는 어둠과 시가 연기에 휩싸여 어리둥절했다. 드디어 이상한 나라 쿠바에 첫발을 내디딘 것이다.

호세 마르티와 관타나메라

쿠바에 도착해서 가장 많이 듣는 이름은 체 게바라와 피델 카스트로가 아니라 '호세 마르티José Martí'다. 쿠바에 입국하려면 먼저 호세 마르티 공항을 거쳐야 한다. 휴양의 도시 바라데로, 오리엔테의 산티아고 데 쿠바로 직항하는 노선도 있지만 대부분 호세 마르티 공항으로 들어온다. 전국의 학교마다 호세 마르티 흉상과 동상이 있으며, 아바나 시내의 센트럴 공원에는 쿠바에서 가장 먼저 세워진 호세 마르티 동상을 볼 수 있다. 쿠바 전역에 얼마나 많은 호세 마르티 동상이 있을까? 아마도 세상에 있는 그 어떤 위인의 동상보다 더 많을 것 같다.

호세 마르티는 쿠바의 유명한 시인이며 스페인과의 독립 전쟁에 나선 독립운동가이자 사상가이다. 우리에게도 잘 알려진 노래 〈관타나메라Guantanamera〉는 호세 마르티의 시 「단순한 시Versos Sencillos」가 원전이며 '과히라Guajira' 민요 가락을 사용해서 아름답

HOTEL

고 서정적이다. 이 노래는 쿠바는 물론 스페인의 식민 통치를 경험한 라틴 아메리카 전역에서 사랑받고 있다. 관타나메라의 뜻은 '관타나모 항구 출신의 여자'라는 뜻인데, 관타나모는 지금도 쿠바 내에 미군기지가 있는 유일한 곳이다. 관타나메라를 들을 때면 미 제국주의의 탐욕으로 빼앗긴 땅, 관타나모의 슬픈 현실을 떠올리게 된다.

관타나모의 농사짓는 아낙네여
나는 종려나무 고장에서 자라난
순박하고 성실한 사람이랍니다
내가 죽기 전에 내 영혼의 시를
사랑하는 사람들에게 바치고 싶습니다

관타나모의 농사짓는 아낙네여
내 시 구절들은 연둣빛이지만
늘 정열에 활활 타고 있는 진홍색이랍니다
나의 시는 상처를 입고
산에서 은신처를 찾는 새끼 사슴과 같습니다

__노래 〈관타나메라〉

쿠바 지폐 1페소에는 머리카락을 휘날리며 두 팔을 벌리고 말을 타는 호세 마르티의 모습이 인쇄되어 있다. 나는 그 모습이 진정한 자유의 시인이며, 혁명가이자 사상가인 호세 마르티의 면모를 가장 잘 보여주는 모습이라고 생각했다.

언젠가 호세 마르티가 쿠바인들에게 왜 그리 깊이 각인되었는지 쿠바 시인에게 물어본 적이 있다. 그는 호세 마르티가 모든 것들을 아우르는 보편적인 사고를 가졌으며, 가장 근대적인 인간이었다고 말했다. 또한 계급과 인종에 관계없이 모든 쿠바인이 평등하게 자유를 누릴 권리를 주장했다고 한다. 호세 마르티는 제2차 독립 전쟁 때 사망했는데, 아마 일찍 죽지 않았다면 1959년 쿠바 혁명의 중요한 사안 중 하나였던 반인종주의 정책이 좀 더 빨리 이뤄졌으리라는 것이 시인의 설명이었다.

나는 아프리카 조상으로부터 물려받은 검은 피부를 가진 시인을 바라보며 미겔 바르넷Miguel Barnet의 『어느 도망친 노예의 일생』을 떠올렸다. 노예 제도와 독립운동, 혁명 등 격동하는 쿠바의 역사적 흐름을 온몸으로 살아온 자가 어찌 소설 속 인물뿐이었을까. 시인에게도 만만찮은 자기의 역사가 있었을 것이고 지금도 써나가고 있는 중이었다.

소녀와 엘리베이터

마끼나 택시(일정한 거리를 달리는 올드카 택시)를 타고 센트럴 공원 근처에 내렸다. 넵투노Neptuno 거리와 비르투데스Virtudes 거리 사이에 있는 아파트 방을 보러 가는 길이었다. 그곳 아파트 엘리베이터에서 빨간 립스틱을 바른 소녀들과 마주쳤다. 소녀들은 아직 앳된 손으로 담배를 쥐고 있었다. 좁은 엘리베이터 안에서 서로 아무렇지 않게 담뱃불을 붙여주며 재잘거렸다. 낡고 오래된 엘리베이터 안에는 나와 소녀들 그리고 자욱한 담배 연기뿐. 나는 잦은 웃음소리와 담배 연기 속에서 소녀들의 수다를 들었다. 삐걱거리는 엘리베이터에서 흔들리며 목적지인 9층에 당도했다. 소녀들은 엘리베이터 안이 놀이터인 것처럼 손을 흔들며 사라졌다.

파란 닻 모양의 마크가 그려진 문의 차임벨을 울리자 러닝셔츠 차림의 사내가 나타났다. 방을 보러왔다는 내 말에 그는 "부에나스 따르데스"(안녕하세요)를 연발하며 들어오라고 했다. 현관문을

지나고 거실을 지나 그가 보여준 방은 아직 사람이 살고 있는 방이었다. 침대에 벗어놓은 옷들이 아무렇게나 쌓여 있었다. 낯선 방에서 선풍기가 탈탈거리며 돌고 또 돌았다. 이리저리 벗은 구두와 널려 있는 화장품들. 미리 전화를 하고 왔는데도 집주인은 청소를 하지 않았다. 아직 살고 있는 사람을 내보내지 않았던지 아니면 가족 가운데 누군가가 사용 중인 것이리라.

9층 아파트 창문으로 저 멀리 말레꼰이 보였다. 바로 아래 거리에서는 바나나를 파는 노점상이 큰 소리로 손님을 부르고 있었다. 시간이 멈추고, 생각이 멈추고, 순간 나는 아득해졌다. 가끔 낯선 장소에 홀로 남겨진 나를 상상을 해본 적이 있다. 하지만 아무도 나의 존재를 알지 못하는 곳에서 멍하니 서 있는 경험은 생각처럼 멋지지 않았다. 하긴 인간이란 언제나 한곳에 정착하지 못하고 낯선 존재로 떠돌기 마련이므로, 내가 있는 장소가 어디든 마찬가지라는 생각이 들었다. 이곳에도 사람들이 살고 있었다.

저 멀리 카피톨리오Capitolio Nacional의 둥근 돔이 오후의 햇살에 황금빛으로 반짝였다. 냄새나는 좁은 골목을 거니는 수많은 사람들, 마끼나 택시의 매연과 경적소리, 바나나와 마늘, 당근을 파는 수레와 말레꼰 너머 넘실대는 바다를 바라보다가 나는 집주인에게 다음에 오겠다는 말을 남기고 돌아섰다.

엘리베이터 안에서 소녀들을 다시 만났다. 담배 연기는 더욱 자욱하게 좁은 엘리베이터를 가득 채우고 있었다. 소녀들의 얼굴이 뿌옇게 막을 친 듯이 흐려보였다. 그때 난생 처음 엘리베이터를 탔을 때 신기함으로 눈동자를 빛내던 어린 내가 떠올랐다. 네모난 상자가 아래위로 오르락내리락하다니……. 산과 들에서 뛰어놀던 시골 아이에게 엘리베이터는 엄청난 문화적 충격이었다. 친구네 아파트 엘리베이터를 층마다 누르고 놀았던 그때처럼 소녀들은 오늘 종일 엘리베이터를 타고 있을 작정인 듯 나를 내려주고 다시 올라갔다. 웃음과 연기의 힘으로 공중 부양하는 낡은 엘리베이터. 오래된 엘리베이터는 키득거리며 깔깔거리며 담배 피우는 앳된 입술들을 싣고 위로 수직 상승 중이었다.

신기한, 늘어나는 줄서기

기다림의 미학

이른 아침, 쿠바전화국ETECSA 작은 부스 앞에서 사람들이 길게 줄을 늘어서 있었다. 베다도 23번가에 있는 버스 정류장 앞이었다. 한국에 있는 가족에게 안부 전화를 하려면 먼저 국제전화카드를 사야 했다. 몇 개의 나무 벤치에는 언제나 사람들이 앉아 있었고, 버스에서 오르내리는 사람들로 거리는 늘 북적거렸다. 전화 카드를 사거나 전화요금을 정산하는 사람들이 버스 승객들과 뒤섞여 여러 줄을 만들고 있었다.

"울띠모?(마지막?)"하고 내가 소리치자 중년의 물라토가 "요!(나요!)" 하며 오른손을 번쩍 든다. 그는 마치 이 줄서기에 동참하지 않았다는 듯이 벤치에 편안하게 앉아 있었다. 아, 저 사내 앞에 얼마나 많은 사람들이 줄 서 있는지 지금은 알 수가 없다. 줄을 설 때면 언제나 앞과 뒤를 확인하고 내 위치가 어디인지 정확하게 파악해야 했다. '나'라는 중간자의 위치를 이렇게 열심히 파악한

적은 없었다. 누가 줄의 끝인지 반드시 확인하고 인상착의를 기억해야 했다.

내 앞사람이 결코 앞사람이 아닐 수 있다는 사실을 알게 되기까지 그리 오랜 시간이 걸리지 않았다. 어디에나 새치기는 있어서 앞사람에게 부탁해서 시간을 절약하는 사람들, 진짜 얄미운데 부탁을 들어주는 사람들에게 뒷사람은 아무런 항의도 할 수 없다. 부탁을 들어주고 말고는 자기 권한이니, 다른 사람들의 어떤 불평불만도 귀담아듣지 않는다. 뚱뚱한 사내는 도착하자마자 앞줄의 사내에게 제 볼일을 떠넘겼다. 바로 옆에 정복을 입은 남녀 경찰이 서 있었지만 아무런 제지도 하지 않았다. 이런 상황은 언제나 있는 일이라는 듯이.

시간이 점점 흐르고, 내 뒤의 연인들은 진한 애정 행각을 벌이기 시작했다. 이 말짱하고 화창한 아침에 스스럼없는 그들의 모습이 전혀 이상하지 않은 걸 보면 나도 이 나라의 자유로운 공기에 어느 정도 전염된 듯하다. 열대의 태양이 뜨겁게 내리쬐고 사람들이 수없이 오가는 길거리에서 40여 분을 기다려 국제전화카드 두 장을 20세우세(20달러)에 샀다. 쿠바의 통신시설은 열악한데도 불구하고 비용이 아주 비싸다. 한국에 2분 정도 통화를 하면 10세우세(10달러)가 거짓말처럼 사라졌다. 통화가 끊긴 줄도 모른 채 수화기를 들고 혼자 중얼거리는 일이 여러 번이었다. 그 뒤로는 국제전화카드를 구하는 게 힘들고 너무 비싸다는 핑계로 안부 전화를 거는 일은 점점 줄어들었다.

거리를 배회하는 강아지, 버스가 오자 급하게 달려가는 사람들, 마니(땅콩)과자를 사라고 외치는 아저씨, 누가 내 앞사람인지 다시 한 번 친절하게 알려주고 떠난 아주머니, 벤치에 앉아 있다 자기 차례에 줄을 찾아오는 할머니, 무질서한 줄서기 같지만 어떻게 보면 합리적인 행동이다. 무작정 줄서서 기다리기보다는 주변 사람들에게 양해를 구하고 아픈 다리를 쉬거나 급한 볼일을 보는 것이 현명할 수도 있다. 하지만 어쩔 수 없이 줄에 매인 소심한 사람들은 이래저래 고단하기만 하다. 뒤돌아보니 벤치에 앉아 있는 사람들과 줄서기에 동참한 사람들, 지나가는 행인들 모두 더위에 지친 듯 무표정하다. 저개발국 국민들의 특징이 무표정한 얼굴이라는 말이 새삼 떠오르는 아침이었다.

혁명 광장의 독수리들

한 남자가 갈리스또 가르시아 병원 건너편 운동장에서 트랙을 돌고 있다. 그때 잡초가 웃자란 풀밭에서 거리를 바라보는 상처 입은 개의 눈동자와 마주쳤다. 개는 내가 멀리 사라질 때까지 고개를 꺾어 나를 주시하고 있었다. 오늘을 넘기기 힘들 것 같은 상처 입은 짐승의 눈동자가 내내 머릿속에서 떠나지 않았다.

주변을 동화 속 숲 속으로 만들어버린 거대한 하구에이 나무가 교차로에서 숲을 이루고 있다. 나무 한 그루, 한 그루가 거대한 숲이다. 드러난 뿌리와 줄기들, 그리고 푸른 나뭇잎들로 인해 마치 깊은 산속에 들어온 것처럼 시야가 푸르렀다. 사람들은 숲에서 나와 건널목을 건너 다시 숲으로 들어간다. 아침 햇살이 하구에이 나뭇가지 사이를 신비롭게 관통하고 있다. 이 나무 아래 들면 무성한 가지에 가려 푸른 하늘이 잘 보이지 않는다. 건강하고 싱싱한 나무의 첫 모습을 나는 보고 있다. 대리석으로 만든 누군가의 비석 앞에서 꾸덕꾸덕 말라가는 화환도, 당당하게 손을 잡고 거리를 걸어가는 중년 부부도 다 나무 아래의 일이다.

이른 아침이라 축구장 세 배쯤 크기의 넓은 혁명 광장Plaza de la Revolucion은 텅 비어 있다. 노란 코코택시도, 시티투어버스도 관광객들도 아직 보이지 않았다. 나는 햇살이 뜨거워지지 않은 아주 적당한 시간에 찾아온 것이다. 호세 마르티 동상 머리 위를 맴도는 새 떼도 아직 출근하지 않았다. 다만 두어 마리만 하늘을 날아다니고 있을 뿐이었다. 내무부 건물에 걸린 대형 쿠바 국기와 체 게바라가 광장을 지키고 있었다.

곳곳에 군인들이 보초를 서고 있다. '영원한 승리의 그날까지 Hasta la Victoria Siempre'라고 쓰인 글귀 옆에 김정일을 위한 조기가 휘날리고 있다. 체 게바라와 북한의 주체사상은 정말 어울리지 않는 조합이다. 체 게바라가 살아 있다면 변질된 혁명의 주체들에게 무슨 말을 할 것인가. 그는 죽어서 말이 없고, 세상은 순수했던 본질을 잃어버린 채 형식만 좇아간다. 또 다른 혁명 영웅인 카밀로 시엔푸에고스Camilo Cienfuegos(체 게바라, 피델 카스트로와 함께 쿠바 혁명에 참가했으며 의문의 비행기 사고로 숨을 거둠.)는 정보통신부를 장식하고 있다. 체 게바라와 카밀로 시엔푸에고스의 형상은 밤이면 네온사인으로 반짝이며 혁명 광장의 또 다른 모습을 보여준다.

관광버스가 한 떼의 사람들을 혁명 광장에 풀어놓았다. 혁명 광장에서는 오랫동안 멈춰 있으면 안 된단다. 움직이지 않을 거면 혁명 광장을 떠나야 한다. 호세 마르티 동상 계단 양옆에는 빨간 제복을 입은 중년 여인들이 지키고 있다. 돈을 내지 않고 계단을 오르는 사람을 감시하는 것이 그녀들의 일이다. 1세우세(1달러)를 내면 계단을 올라가 마음껏 호세 마르티 동상과 거리의 풍경을 감상할 수 있다. 그늘도 없는 땡볕에서 사람들을 지켜보느라 늘 목이 마를 것 같았다. 검은색 구형 전화기 그리고 요금표와 '올라가지 마시오'라는 경고 문구가 있는 표지판 옆에 그녀가 마실 물과 음식이 담긴 도시락 가방이 놓여있다. 계단을 오르면 넓은 혁명 광장이 그대로 내려다보인다.

호세 마르티는 쿠바의 두 영웅, 체 게바라(좌), 카밀로 씨엔푸에고스(우)를 오른 다리를 세우고 앉은 채로 마주보고 있다. 호세 마르티 동상을 호위하듯 서 있는 높은 탑 주위에 새들의 사체가 널려 있다. 가슴 부위는 뜯겨나가고 날개만 남은 새, 검은 깃털이 이리저리 흩날리고 있다. 탑 위를 맴도는 새들의 무리 중에서 약한 놈들이 잡아먹힌 것이리라. 탑을 올려다보니 독수리 떼들이 공중을 선회하고 있다. 말라비틀어진 시체들, 죽은 지 얼마 되지 않는 피투성이 눈알과 부리를 본다. 마치 눈알과 부리로만 이루어진 생명체 같다. 삶이란 현실은 이토록 처절하고 치열하다. 죽음은 늘 곁에서 우리를 경각시킨다. 검은 눈알이 굴러다니며 '너는 대체 이곳에서 무엇을 하고 있느냐'는 듯이 나를 바라보고 있다.

호세 마르티의 거대한 왼쪽 손가락은 햇살에 데워져 따뜻했다. 쿠바 독립사에 빛나는 영웅, 쿠바의 정신적 지주인 시인은 자신이 소망했던 쿠바를 바라보고 있는 것일까? 하지만 그는 아무런 대답이 없고, 그가 거느린 광장은 넓고도 넓었다. 쿠바에서 피델 카스트로의 동상을 보지 못했다. 아바나 거리에도, 동쪽과 서쪽 지방에서도 그의 동상을 일부러 찾아보았지만 찾을 수 없었다. 김일성의 동상으로 넘쳐나는 사회주의 북한과 상반되는 점 중 하나였다. 쿠바는 학교와 공공건물 앞에도 거리에도 호세 마르티의 동상이 우뚝 서 있다. 지도자를 우상화하지 않는다는 피델 카스트로의 현명한 처신은 호세 마르티 동상 뒤에 숨어 있다.

1층에 있는 호세 마르티 기념관에는 연도순으로 호세 마르티의 행적과 가족에게 보낸 편지, 여행기 등이 전시되어 있다. 호세 마르티의 사진 중에서 평소 내가 좋아하는 사진을 발견했다. 그 사진은 1페소 화폐에 그려진 그림과 같았다. 시인이면서 혁명가였던 그가 쿠바 대지를 말을 타고 달리는 모습은 정말 자유로워 보였다. 영화 속의 한 장면처럼 두 팔을 벌리고 바람을 느끼며 초원을 달리는 모습. 만주 벌판을 달리는 독립군의 모습이 저러했으리라.

엘리베이터를 타고 전망대를 올랐다. 높은 전망대에서 내려다보니 드넓은 혁명 광장을 향해 뻗어 있는 넓은 도로와 혁명 광장을 둘러싸고 있는 쿠바 정부 건물들이 한눈에 들어왔다. 검은 독수리 떼들이 유리문을 스치듯 날아갔다. 광장은 어느새 관광객들에게 완전히 점령당했다. 교대 시간을 맞은 군인들이 열을 지어 숙소로 돌아가고 있었다.

담장에 갇힌 사회주의

쿠바는 사회주의 국가다. 하지만 환한 햇살과 달콤한 공기, 푸른 하늘과 키 큰 야자수 아래 아름다운 해변, 화려한 색상으로 멋을 낸 쿠바인들을 보면 이곳이 정말 '사회주의 쿠바'가 맞는지 의아해질 때가 많았다. 쿠바인들의 일상생활은 대부분 자유롭고 여유로워 보여 사회주의 국가의 특징인 통제성을 전혀 느낄 수 없었다. 그러나 시간이 지나 좀 더 쿠바를 경험하게 되자, 제약이 상당히 심한 나라라는 것을 알 수 있었다. 북한의 사회주의와 다른 형태이긴 하지만 그 실상은 북한과 전혀 다를 바가 없다. 정치가 국민의 정신과 생활을 지배하고 규제하는 사회주의 국가. 이것이 쿠바의 진정한 모습이었다.

현재 쿠바는 관광업을 육성하면서 개인의 소유를 일정 부분 허용하고 있다. 그러므로 외국인을 상대로 하는 관광업에 종사하는 쿠바인과 그렇지 못한 쿠바인 사이에서 생기는 빈부 격차는 필연

Hasta la
victoria
siempre

적이다. 평균적인 빈곤을 동등하게 감수해야 한다고 주장하는 쿠바 정부는 사적 이윤 추구를 목적으로 하는 자본주의 한 면을 허용하면서도 눈에 띌 정도의 소유나 빈부 격차를 용납할 수 없는 딜레마에 빠져 있다.

재산이 많은 사람들은 남들에게 '잘산다'라는 사실을 인식시키면 안 된다. 거리를 걷다보면 철조망 주위로 빽빽하게 나무를 심은 모습을 볼 수 있는데, 이는 외부인이 집 안을 볼 수 없도록 가려놓은 것이다. 담장뿐만 아니라 여러 개의 자물쇠를 채워 집 안 출입을 철저하게 관리한다. 처음엔 가난한 나라이기 때문에 도둑이 많아 절도의 위험으로부터 재산을 보호하려는 줄 알았다. 하지만 뒤에 알게 된 진실은 절도보다 더 무서운 타인의 시선으로부터 자신을 보호하기 위한 것이었다. 허름한 외양의 집 안으로 들어가 보면 생각 외로 넓은 정원과 화려한 인테리어로 꾸며진 거실과 방을 볼 수 있다.

아바나에는 외국인이 투자한 레스토랑이나 야외 카페가 조금씩 늘어나고 있다. 외국인이 투자한 가게들은 개업 후 한동안은 열심히 장사한다. 그러나 점차 장사가 잘 되어 손님이 늘어난다 싶으면 조금씩 손님 수를 관리한다. 자본주의 사회에서는 장사만 잘 되면 만사형통이지만 쿠바에서 성업 중인 개인 가게는 항상 남들의 시선을 끌기 때문에 감시 아닌 감시를 당하는 셈이다.

그러니 너무 눈에 띄지 않을 정도만 사업을 할 수밖에 없다. 이런 기업 환경과 사회주의 정치 환경에 적응하지 못한 회사는 갑자기 공중 분해되어 사라져버린다. 북한의 개성공단에 있던 회사들이 강제로 문을 닫고 쫓겨난 것처럼 쿠바 전역에서 퇴출당하고 만다.(내가 쿠바를 떠난 몇 달 후 A회사가 쿠바에서 완전히 쫓겨났다는 소식을 들었다.)

B회사의 경우에는 쿠바 정부가 모든 업무를 장기간 중단시켰다. 이것도 모자라 B회사의 사장은 가택 연금을 당했다. 쿠바인 직원들은 해직되고 외국인 직원과 가족들은 한동안 쿠바를 떠날 수 없었다. 말 그대로 억류 상태였다. 앞날에 대해 아무것도 알지 못하고, 하는 일도 없이 몇 개월째 시간을 보내야 하는 불안함이란……. 회사 건물의 지하 주차장에는 먼지를 뒤집어쓴 수십 대의 차들이 놓여 있었다. 마치 범죄 수사의 증거물을 확보하려는 것처럼 노란 띠가 둘러쳐져 있었다. 회사 차를 몇 개월째 방치하고 있단다. 다른 외국계 회사 사람들에게 시위하려는 듯 세워둔 것이다. 세상에 이런 일이, 방치된 차들의 시위라니. 너희들도 조심하라는 무언의 경고! 진정 쿠바는 사회주의 국가다.

스카치테이프와 생일 케이크

왁자지껄한 연말연시의 분위기가 느껴지는 주말, 오비스포Obispo 거리로 나갔다. 민박집 론다 할머니의 생일 선물을 사러가기 위해서였다. 우노 구둣방과 시몬 볼리바르 동상이 있는 작은 공원의 왼쪽 길로 꺾어서 선물 가게를 찾아들었다. 거리엔 긴 장대를 신은 사람들이 거리를 활보하며 골목 모퉁이를 돌아나가고 있었다. 수많은 관광객들이 동화 속 피리 부는 사나이를 따르는 아이들처럼 장대 신은 사람을 뒤쫓아 갔다.

예쁜 장신구가 가득한 가게의 직원은 국영 상점이라 품질이 좋다고 말했다. 대부분의 상점이나 가게가 정부 소유이니 당연한 이야기지만, 직원은 마치 품질 보증이라도 하는 듯이 그 말을 계속 되뇌었다. 금은으로 만든 귀걸이나 목걸이 등 액세서리와 작은 그림과 도자기를 판매하는 곳이었다. 다른 가게보다 상품의 질이 월등한 만큼 상당한 가격이라 현지인보다 외국인이 주로 찾

Domingo

아오는 곳이다. 나는 긴 타원형의 물방울 모양의 귀걸이를 쿠바인들의 한 달 월급에 근접하는 금액인 15세우세(15달러)에 사서 돌아왔다.

선물을 포장하려고 포장지와 스카치테이프를 사러 아바나 리브레 호텔 건너편 문구점을 찾았을 때였다. 사람들이 상품 진열대 앞에 길게 줄을 서 있었다. 이곳은 책과 문구류, 지도를 파는 국영 상점이다. 책은 진열대에 장식되어 있어서 본인이 골라서 책값을 치를 수 있었다. 그러나 나머지 학용품들은 진열대 유리 안에 놓여 있거나 크기가 큰 물건들은 직원 바로 뒤에 진열되어 있었다.

연필 한 자루를 사려고 해도 줄을 서서 기다려야 한다. 내 앞의 서너 명이 떠나고 나서야 나는 손짓으로 포장지를 가리키고, 스카치테이프를 달라고 했더니 없단다. 아무리 둘러보아도 가게 어디에서도 스카치테이프는 보이질 않는다. 오늘은 없단다. 언제 물건이 들어올지 알 수 없단다.

그때부터 3시간 동안 근처 상점을 모두 찾아다녔다. 컴퓨터 용품과 비누를 함께 파는 가게를 거쳐 개인이 운영하는 아주 작은 문구점까지 근처를 몽땅 뒤졌지만 스카치테이프는 눈 씻고 찾아봐도 없었다. 택시를 타기에는 이동거리가 짧고, 걸어서 가기에는 멀었다. 어쩔 수 없이 걸어 다녔지만 발만 아프고 아무 소득도 없었다.

쿠바에서는 하루에 하나씩 일을 처리할 수만 있어도 제대로 된 하루를 보낸 것이라는 말이 있다. 그 말이 거짓이 아님을 다시금 느끼는 하루였다. 제대로 된 생일 선물을 산 것만으로도 보람 있는 하루를 보낸 것이라고 스스로 위로해야 했다. 하지만 스카치테이프는 구경도 못하고 하루가 훌쩍 지나가버렸으니 선물 포장을 어떻게 하지?

드디어 론다 할머니의 80세 생신날. 이틀에 한 번 청소하러 오는 흑인 도우미 주디트는 대청소를 모두 끝내놓고 샤워 중이다. 그녀는 언제나 청소가 끝나면 깨끗이 샤워를 했다. 그런 다음 찰랑거리는 귀걸이를 하고 향수를 뿌린 뒤 자기 집으로 돌아갔다. 하루 종일 일을 해도 주디트의 보수는 얼마 되지 않았다. 쿠바는 인건비가 싸기 때문에 중류층 이상의 현지인들이나 외교관의 집에는 일을 도와주는 도우미들이 있다. 노동에 지친 주디트가 향수와 파스 냄새를 풍기며 집으로 돌아가기 전에 오븐의 불을 조절했다. 오븐 속에는 양념을 한 커다란 돼지 다리가 하루 종일 익어가고 있었다.

론다 할머니는 슬하에 딸이 두 명 있는데, 그 중 큰딸의 아들인 파리에 사는 외손자가 할머니 생일을 맞아 아바나에 도착했다. 벨 소리에 현관문을 열자 키가 크고 잘생긴 남자가 바로 문 앞에 서 있었다. 며칠 동안 론다 할머니의 딸 밀레나는 마치 애인을 맞이하는 듯 분주하게 움직였다. 헌 에어컨 박스를 새 에어컨 박스로 교체하고 깔끔하게 벽 페인트칠까지 했다. 프랑스 오를리 공항에서 일하는 외손자는 스페인계 백인의 특징을 그대로 보여주는 쿠바 남자였다.(론다 할머니 생신날 밤, 그는 새벽에 귀가해서 아들을 그리워하는 밀레나를 밤새 상심케 했다.)

오후 2시에 시작된다던 생일 파티는 거의 4시 가까이 되어서야 시작되었다. 이곳의 시간관념은 한때 코리안 타임으로 유명한 30분이 아니라 한 시간 이상이다. 아예 약속 자체를 잊어버린 듯 집에서 태연하게 전화를 받는 경우도 있다. 아바나의 서쪽 피나르 델 리오Pinar del Rio에서 조카 부부가 찾아왔다. 평소엔 사용하지 않던 넓은 식탁에 친척들이 가져온 케이크 네 개를 나란히 놓았다. 친척이 직접 만들었다는 분홍색 케이크는 단맛에 열광하는 쿠바인들답게 거의 설탕을 통째로 부은 듯이 달았다. 직접 케이크를 구웠다는 아주머니는 케이크를 더 달라는 내 말에 함박웃음을 지으며 접시에 듬뿍 담아주었다. 음식 예닐곱 가지를 뷔페 접시에 차려내었는데, 론다 할머니의 음식 솜씨는 웬만한 레스토랑의 주방장 솜씨보다 뛰어났다. 덕분에 나는 오랜만에 맛있는 음식을 마음껏 먹을 수 있었다.

론다 할머니는 고향 친척들의 생일 축하를 받으며 내내 기쁜 미소를 지었다. 집안 어른을 존중하고 대접하는 풍습과 가족 친지들의 친밀도는 쿠바 공동체의 끈끈함을 느끼게 했다. 한국과 다른 점이라면 좀 더 친근하게 포옹하며 스킨십을 자주하는 것뿐이다. 론다 할머니에서 시작한 가계의 뿌리가 돌이 채 안 된 외증손녀까지 이어지는 셈이다. 모여든 사람들의 사랑을 독차지한 아기는 흑백혼혈이지만 엄마 살색을 이어받아 뽀얀 피부를 자랑했다. 스카치테이프가 없어 리본으로 대충 묶어 포장한 귀걸이를 드리니 론다 할머니는 아주 기뻐하신다. 보니따! 보니따!Bonita (예쁘고 곱다)를 연발하며 당장 귀에 걸고는 어떠냐며 물어보시기까지 한다.

팔순의 나이지만 할머니도 역시 '무헤르Mujer (여자)'였다. 쿠바에 머무는 시간이 길어질수록 이곳에서 '무헤르'라는 단어의 의미가 우리나라와 아주 다르다는 사실을 알게 되었다. 아직 채 돌이 안 된 갓난아기의 귀를 뚫어 귀걸이를 자랑하며 보여주는 엄마, 깨끗하고 단정하게 차려입은 여자들의 옷차림, 화려한 액세서리, 쿠바 어디에서나 볼 수 있는 네일 숍 등 여자가 태어나는 순간부터 여자인 곳이 바로 쿠바이다.

사시사철 꽃밭에서

사람들의 옷차림이 한층 겨울에 가까워졌다. 총천연색의 옷 색깔이 칙칙한 무채색으로 바뀌었다. 거리에는 거짓말처럼 진분홍 꽃이 활짝 피었다. 꽃이 핀 여름 거리를 겨울 햇빛을 받으며 걷는 기분이랄까. 벌새가 날아들고 모든 식물들이 번성한 이곳, 색상이 화려한 꽃들은 아쉽게도 향기가 거의 나지 않는다. 하지만 없는 향기를 커버할 만큼 꽃은 불타는 원색을 자랑한다.

대통령들의 거리De los Presidentes를 찾아가고 있는 중이었다. 중년의 한 남자가 느릿한 걸음으로 내 곁을 스쳐지나가고 있다. 나를 보고 아무렇지 않은 사람도, 대놓고 바라보는 사람도 느긋하고도 여유롭게 지나간다. 그 길고도 짧은 시간 동안 그들은 나를 보고, 나는 선글라스 속에서 그들을 본다.

대통령들의 거리에는 종 모양의 나무들이 줄지어 있는데, 남미

의 여러 나라 대통령 동상들이 개성 있는 모습으로 조각되어 있다. 칠레의 살바도르 아옌데Salvador Allende 대통령 흉상 주위에는 나무를 케이크 모양으로 꾸몄다. 그 위에는 둥근 버튼 같은 것이 올려져 있었다. 맨 처음 나무를 아름다운 케이크 모양으로 디자인한 사람은 누구였을까? 그의 발랄한 상상력에 절로 웃음이 났다. 나무의 참신하고 새로운 모습이었다.

쿠바에서 미적 요소는 큰 비중을 차지한다. 과거 먹고살기 힘들었던 특별한 시기(소련이 붕괴되어 원조가 끊긴 시기)에도 사람들은 생존을 위해 노력하면서도 꾸미는 일을 포기하지 않았다고 한다. 쿠바 사람들의 유전자 속에 미적인 것에 대한 광적인 애정이 들어 있는 것 같다. 그것이 일상생활 속에 녹아들어 종 모양과 케이크 모양의 나무로 나타나는 것이다. 집 안과 집 밖의 정원 가꾸기에도 얼마나 열심인지 거리를 지나던 나는 가끔 발걸음을 멈추고 비밀의 정원을 들여다보곤 했다.

하르딘이라는 작은 입간판을 발견하고 안으로 들어가니 선반에 화분들이 늘어서 있다. 작은 식물원이었다. 한국에서 보기 드문 식물들이 얌전하게 화분에 담겨 있었다. 아바나에서 사는 동안 살아 있는 뭔가를 키울 자신이 없었지만, 망설이다 검은 나무뿌리에 난을 부착해둔 것을 샀다. 꽃이 피냐고 물었더니 아주 화려한 서양란이 핀다고 한다. 겨우 30페소(1,700원 정도)에 이 귀한

난초를 사다니! 아바나에서는 어떤 것들은 아주 싸고 어떤 것들은 아주 비싸다.

유난히 꽃을 좋아하던 엄마는, 꽃들이 사시사철 피는 세상이 있다는 것을 상상이나 하셨을까. 고향 집 작은 꽃밭에는 계절마다 온갖 꽃들이 피었다 지곤 했다. 커다란 석류나무가 꽃밭 중앙을 차지하고, 화단을 둘러싸고 선인장 화분들이 빙 둘러 있었다. 엄마는 아이들에게 선인장 가시가 위험하다는 걸 알면서도 선인장을 정성껏 키웠다. 우리 남매들은 이따금 선인장 가시에 찔리면서 조금씩 성장했다. 뾰족하게 성난 가시에 찔려 울면서도 선인장을 버리자는 말을 아무도 하지 않았다. 늘 자리를 지키고 있던 석류나무와 마찬가지로 선인장도 원래 한 가족이었으므로.

새파란 잎을 비집고 피어나던 진홍색 석류꽃과 향기를 풍기던 보라색 라일락과 몇 그루 장미나무에서 피어나던 색색의 장미꽃들, 앵두나무, 채송화, 붓꽃, 봉선화들. 언젠가 꼭 꽃밭이 있는 집에서 살리라는 소망은 서울로 올라오면서 오히려 더욱 희박해졌다. 아쉬운 마음에 화분에 심은 꽃들은 몇 달 못 살고 죽어나갔다. 엄마가 돌아가시자 선인장들이 차례로 죽어버렸듯이. 어느 날 아버지는 석류나무를 뽑아버리고 화단을 시멘트로 봉해버렸다. 딱딱하게 굳은 시멘트 아래 우리들의 추억도 영원히 사라져버렸다. 석류나무와 선인장들도 어느덧 빛바랜 흑백사진 속에 갇혀버렸다.

돌아가신 엄마의 수레꽃밭을 시멘트로 봉해버리고
아버지는 하릴없이,
대청마루에 앉아 있는 날들이 늘어만 가신다

끊었던 담배를 다시 피우신다

— 졸시 「수레국화」 전문

살룻! 헤밍웨이

2011년 12월 31일 토요일, 대부분의 가게가 문을 닫았다. 오비스포 거리에는 현지인들은 거의 보이질 않고 관광객들만 북적거리고 있었다. 대성당 앞 광장은 줄지어 선 원형 테이블로 온통 점령당했다. 바로 대성당 광장Plaza de la Catedral 옆 레스토랑에서 내어놓은 테이블이었다. 대성당 광장으로 들어서는 골목마다 바리케이드를 쳐놓았다. 크리스마스를 맞이하여 장식한 마구간 구유 속에서 아기 예수가 탄생하는 순간이 재현되고 있었다.

광장을 지나 왼쪽 골목에 있는 헤밍웨이의 술집으로 유명한 라 보데기따 델 메이오La Bodeguita del Medio로 걸어갔다. 입구부터 안쪽까지 관광객들로 좁은 바가 꽉 차 있었다. 노래하는 사람과 기타와 북을 연주하는 사람, 모히또를 즐기는 사람들. 나도 그 틈에 끼어 모히또를 주문했다. 이곳은 헤밍웨이의 유명세가 만들어준 공간이나 다름없다. 바의 정면에는 헤밍웨이의 사인이 걸려 있고, 그

El Bar
Hemingway
del
Ritz en Paris

를 좇아 이곳을 다녀간 유명인들의 사인이 벽면을 넘어 천정까지 새까맣게 뒤덮고 있다.

발 디딜 틈도 없는 바에서 노래를 열창하던 가수는 "데 돈데 에스?"(당신은 어디 출신입니까?)라고 물어보더니 노래가사에 '꼬레아'라는 국명을 넣어준다. 곧이어 콜롬비아, 캐나다, 러시아 등 그가 부르는 노래는 다국적인 노래가 되어버렸다. 잠시 뒤 CD를 사라고 손을 내민다. 괜찮다고 하니 별 달리 실망한 기색도 없이 금세 아무렇지 않게 웃어버린다. 헤밍웨이는 모히또를 마실 때 절대로 알지 못했을 것이다. 그의 이름을 빌려 이토록 성황 중인 술집과 식당이 있을 줄 어떻게 알았으랴. 그가 살던 집도 헤밍웨이 박물관이 되어 관광객들에게 개방되었다.

헤밍웨이가 『누구를 위해 종을 울리나』를 집필한 암보스 문도스 호텔Hotel de Ambos Mundos 511호도 마찬가지였다. 그가 실제로 사용하던 물건은 배 모형과 타자기, 연필 한 자루밖에 없다. 침대 위에 자연스럽게 펼쳐진 잡지는 방 안의 다른 것과 함께 연출된 장면인 것이다. 또 다른 단골 카페인 라 플로리디타La Floridita에는 사람 좋은 미소를 띠고 있는 헤밍웨이의 동상이 관광객들을 맞이하고 있다.

헤밍웨이는 오전에는 글을 쓰고 오후에는 모히또와 다이끼리를 마시고 청새치 낚시를 하며 쿠바를 즐겼다고 한다. 쿠바 혁명 이후 피델 카스트로와 반갑게 악수를 나누는 사진을 남기기도 했지만, 1960년에 미국으로 추방되었다. 헤밍웨이가 쿠바에 남겨두고 간 것은 전형적인 미국 중서부의 가구로 장식한 대저택과 나무와 꽃이 아름다운 정원과 4개의 고양이 무덤과 이제는 고요히 멈춰 있는 요트와 그리고 그가 사랑한 쿠바 섬 곳곳에 닿았던 그의 발자국이다.

나는 헤밍웨이의 『노인과 바다』 국영 문고판을 들고 쿠바로 왔다. 그가 소설 속 주인공의 모델인 늙은 어부와 친분을 나누고 청새치 낚시를 즐긴 코히마르Cojimar 해변에서 책을 펼쳐보았다. 책 속에 갇혀 있던 검은색 활자들이 서로 엇갈리며 생생히 살아 움직이는 것 같았다. 나는 코히마르 바다 냄새를 맡으려 숨을 크게 들이쉬었다. 바로 그때 나는 거대한 한 마리 물고기가 출렁이며 바다로 돌아가는 환상을 본 듯도 했다. 책이 원래 있어야 할 곳은 바로 이곳이었다.

쿠바를 떠날 때 현지인 친구에게 『노인과 바다』를 선물하면서 코히마르 해변에서 꿈처럼 보았던 물고기 이야기를 들려주었다. 그녀도 꼭 코히마르 해변에서 책을 읽어보겠노라고 내게 굳게 약속했다. 하지만 그 후 그녀와 소식이 끊겨 우리의 약속이 지켜졌는지 알 길이 없다.

새해엔 물세례를 맞아도 좋아

민박집 주인 밀레나의 딸인 다프네가 가족만의 새해 잔치에 초대했다. 그녀는 베다도의 대로변 아파트 7층에 산다. 아바나에서 민박집을 얻으려고 수많은 집을 구경했지만 현대식으로 리모델링한 집은 처음이었다. 프랑스에서 직수입한 제품으로 집 전체를 리모델링했단다. 집에 들어서자마자 든 생각은 '한국에서 흔하게 볼 수 있는 아파트 실내 장식과 똑같다'라는 것이었다.

현대적인 시설을 갖춘 곳은 쿠바의 수도 아바나에서도 매우 드물다. 거실은 직사각형 모양으로 길게 트여 있는데 한쪽 벽면에 50인치 삼성 최신 TV가 놓여 있었다. 주방과 식품 창고, 침실과 화장실, 옷방 등이 있는 7층 아파트 창밖으로 아바나 리브레 호텔과 멀리 말레꼰이 내다보였다. 쿠바에서 이 정도의 수준을 유지하며 살려면 굉장한 부를 쌓아야 한다.

밀레나는 아무렇지 않게 딸의 옷장을 열어 많은 옷들과, 신발장에 쌓여 있는 구두들을 자랑하듯 보여주었다. 딸은 쇼핑을 아주 좋아한다고, 밀레나는 "무초 쁘로블레마."(문제가 아주 많다) 하며 팔을 펼쳐 보인다. '와. 이것도 사야지 저것도 사야지.' 그리고 피곤하게 두 팔 가득 쇼핑백을 든 다프네의 모습이 바로 눈앞에 그려질 정도였다.

다른 곳보다 유독 내 눈길을 사로잡은 곳은 식품 창고였다. 각종 소스가 부족한 쿠바인데도 불구하고 선반마다 다양한 소스 병들이 줄지어 있었다. 소스에 정신 팔려 있던 그때 대리석 바닥에서 시커멓고 커다란 뭔가를 발견했다.

승용차용 한국 타이어 2개가 아직 비닐 포장도 뜯지 않은 채 바닥에 놓여 있었다.

"이건 사위 자동차 타이어야."

밀레나가 나를 보고 말했다.

"이거 우리나라 거예요."

이 집 사위는 현대 쏘나타를 몰고 다닌다고 했다. 쿠바에서 쏘나타는 수입이 상당하지 않고서는 도저히 탈 수 없는 차였다. 쿠바에서 새 타이어는 부의 상징이란다. 타이어가 식품 창고에 있을 만했다. 그렇지 않으면 개인 차고도 없는데 어디에 타이어를 두어야 할까?

주방 곳곳마다 마트에서도 보지 못한 소스와 음식 재료들이 그득 쌓여 있었다. 밀레나가 딸은 커피도 이탈리아제를 마신다고 커피 봉지에서 나라 이름을 찾아가며 자랑했다. 쿠바에 와서 깨달은 사실은 소스가 다양해야 요리가 맛있다는 것이다. 양념 소스가 골고루 있으니 음식에 따라 사용할 수 있고 당연히 요리는 간이 잘 맞았다. 지난번 내가 만들어준 채소 부침개를 다프네가 잘 먹는 이유를 이제야 알았다. 양념류가 다양하니 어떤 음식 맛이든 잘 느낄 수 있을 것이다.

함께 초대받은 사람들은 흑인인 시어머니, 친구 가족인 할머니, 아빠, 엄마, 다섯 살 정도의 소녀다. 엄마 아빠는 피부색이 많이 밝은데 비해 아이는 할머니처럼 흑인이었다. 정말 인종의 구성이 아주 다양하고 자유로운 곳이다.

음악이 흘러나오자 모두들 자연스럽게 몸을 음악에 맞춰 움직인다. 양손에 음식 접시를 들고 있던 다프네는 루이스 엔리케(니카라과 가수)의 '요 노 세 마냐나'(나는 내일을 몰라요)를 따라 부르면서 열정적으로 춤을 추었다. 아하, 얼마나 몸매의 선이 자연스러운지. 60대인 다프네의 시어머니는 텔레비전 감독이며 아직도 활발하게 활동하는 현역이다. 그녀는 연말 텔레비전 프로그램을 감독했다며 TV 앞에서 떠날 줄 몰랐다. 쿠바에도 한 해의 마지막 날에는 한국처럼 인기 연예인들이 등장하는 가요 프로그램이 있다.

나이가 들었지만 당당한 직업여성인 그녀는 쿠바에서 보기 드물게 성공한 흑인여성이었다.

씬꼬, 꾸아뜨로, 뜨레쓰, 도쓰, 우노(5, 4, 3, 2, 1) 카운트다운이 끝나고 드디어 12시가 되자마자 "펠리스 아뇨 누에보!"(새해 복 많이 받으세요!)를 외치며 서로 새해 인사를 했다. 이 나라의 인사인 볼을 맞대고 하는 베소(가벼운 입맞춤)는 정감이 넘쳐흐른다. 한국과 멀리 떨어진 쿠바에서 2011년의 마지막 밤을 외롭게 보내지 않은 것만 해도 나는 축복을 받은 기분이었다.

그때 바깥 도로에서 우아! 하는 함성이 들려왔다. 모두들 베란다로 우르르 달려가기에 나도 같이 따라갔다. 베란다로 다가가려는 나를 보고 "모니카 꾸이다도."(모니카 조심해.) 한다. 내가 멈칫하고 뒤로 물러서는 사이에 갑자기 위층에서 물벼락이 쏟아졌다. 베란다 바닥이 금세 물에 젖어 흥건했다. 밀레나도 물이 든 양동이를 들고 오더니 물을 아래층 바닥으로 쏟아버렸다. 거리를 지나가던 사람들이 비명을 지르며 소스라치듯 놀라 흩어졌다. 그리고 다들 위를 올려다보면서 함께 폭소를 터트렸다. 다프네 남편이 커다란 생수통을 낑낑대며 끌고 오더니 한꺼번에 쏟아버렸다. 콸콸콸 물이 아래로 떨어지고 길을 가는 사람들은 건물에서 멀찌감치 떨어져 걸어가고 있었다.

이게 무슨 일일까? 쿠바 새해 풍습이 물벼락을 내리는 거란다.

물세례 같은 축복을 듬뿍 받으라는 의미다. 위층에서도 아래층에서도 물벼락이 쏟아져 내리느라 한동안 거리가 소란스러웠다. 남녀노소 온 가족이 모여 새날이 시작되기를 기다리며 서로를 포옹하고 축복하는 모습이 참으로 정겨워보였다. 한국의 새해 풍습은 엄격한 격식미가 있지만 이곳은 쿠바답게 소박한 가족 공동체의 정이 끈끈하게 살아 있었다. 그들과 함께 맞이한 2012년의 첫날을 영원히 잊지 못할 것이다.

첫 휴대폰 개통

아바나에 살면서 한동안 휴대폰을 사용하지 않으니 마치 여고 시절로 돌아간 것 같았다. 연락 수단이라곤 집 전화와 편지뿐이던 그때, 며칠 전 써 보낸 친구의 편지를 기다리고, 짝사랑한 남학생의 전화를 기다리느라 안방 전화기 옆을 서성거리던 그때, 그 시절 말이다. 하지만 낭만에 빠지는 시간도 잠시, 나의 무사함을 알리는 가장 유용한 방편이라는 핑계로 나는 쿠바에서 첫 휴대폰을 개통했다.

한국에서 가져간 2G폰은 유심 칩이 맞지 않아 사용할 수 없었다. 블랙베리를 본떠 만든 중국제 휴대폰을 쿠바셀에서 44세우세(44달러)에 장만했다. 그리고 쿠바전화국에 가서 40세우세(40달러)에 개통했다. 오직 전화통화와 스페인어로 문자 메시지를 보낼 수 있는 간단한 기능의 휴대폰이었다. 기능이 다양하진 않았지만 이제 어디서든 사람들과 연결되어 있다는 느낌이 들자 마음이 편

안해졌다. 그동안 이곳이 사회주의 국가라는 것을 느낄 때 마다 은근히 불안했던 터라 전화 통화만 돼도 감지덕지였다.

매달 사용 후 비용을 지불하는 한국과는 달리 쿠바에서 휴대폰을 사용하려면 '충전용 전화 카드'를 구입해서 복권처럼 긁어야 한다. 긁은 부분에 번호가 나오면 휴대폰에 입력하여 충전하여 사용하면 된다. 입력한 카드의 액수만큼만(10세우세, 20세우세) 사용할 수 있다. 인터넷을 사용할 때도 인터넷 전용 충전카드를 사용해야 한다.

쿠바는 아직 휴대폰 보급률이 그다지 높지 않다. 외국인 상대의 직업을 가진 쿠바인들이 주로 휴대폰을 많이 보유하고 있다. 다른 쿠바인들은 비싼 휴대폰 기계 값과 휴대폰을 사용할 때마다 지불하는 전화 비용을 감당하기에는 경제적인 어려움이 있다. 아이폰과 삼성 휴대폰은 중고라도 고가에 판매되므로 항상 휴대폰을 잘 챙겨야 한다. 레스토랑에서 식사 후 잠깐 한눈을 팔았더니 최신 갤럭시 휴대폰이 사라지고 없더라는 말을 한국인 지인에게 들었다. 한국에서도 출시된 지 얼마 안 된 그의 최신 휴대폰은 당시 아바나에서 손꼽을 정도로 드물고 귀한 것이었다.

2012년 2월 1일부터 쿠바에서 수신자는 전화비를 안 내도 된단다. 지금은 휴대폰 발신자와 수신자 모두 요금이 빠져나가는 시스템이다. 비싼 전화비를 이중으로 챙기는 불합리한 정책이라니! 역시 사회주의 국가답다. 휴대폰을 개통한 후 친구로부터 민박집의 밀레나가 전화를 잘 안 바꿔줬다는 말을 들었다. 집 전화가 아니면 서로 연락할 방법이 없다는 사실을 알면서도 밀레나는 왜 전화를 바꿔주지 않았을까? 어쨌든 휴대폰을 개통한 덕분에 친구가 눈치를 보며 전화하지 않아도 되니 다행이었다. 하지만 충전용 전화 카드를 파는 쿠바전화국을 찾기 힘들었다. 어쩌다 운이 좋게 찾아도 또 긴 줄을 서서 기다려야 했다. 잠깐 동안의 편리함을 얻으려면 상당한 시간과 돈을 투자해야 하는 쿠바다.

나만 들키지 않으면 돼

아바나 리브레 호텔 가게에서 있었던 일이다. 내가 비스킷과 생수를 사고 계산할 때 뚱뚱한 계산원은 "데 돈데 에스?"(당신은 어디 출신입니까?) "부에나스 따르데스!"(안녕하세요!)하며 연신 말을 건넸다. 계속되는 쿠바어로 내 정신이 혼몽해지는 사이, 계산원은 매번 거스름돈을 내주지 않았다. 늘 당하는 것도 이력이 나서 영수증을 들고 옆에서 계산을 하고 있으면 계산원은 깜박했다는 듯이 슬그머니 잔돈을 돌려주었다. 큰돈은 아니었지만 현지인들로서는 무시할 수 없는 액수였다. 다른 관광객들까지 합하면 얼마나 많은 돈이 그의 주머니로 사라질지 알만했다.

옷을 사도 빵을 사도 레스토랑에 가서 식사를 하고서도 계산서를 꼼꼼하게 보는 수밖에. 일상생활 속에서 먹고 소비하는 사소한 일에 신경을 쓰게 되니 짜증이 돋는 것은 어쩔 수 없었다. 비록 이곳이 사회주의 국가이며, 모든 상점의 점원들이 공무원들이

Restaurante
HFM 165

라고 해도 너무 한 것 아닌가 싶었다. 내가 불평을 하자 쿠바인 친구는 시선을 돌리며 모르는 척 화제를 돌렸다. 정작 진실한 내부 사정은 한국 교민에게서 들을 수 있었다. 쿠바인들이 그렇게라도 하지 않으면 쿠바에서 살아남지 못하기 때문이란다. 직장에서 물건을 빼돌려 팔지 않으면 적은 월급만으로 살지 못한다고…….

오죽하면 피델 카스트로가 부패와의 전쟁을 선포했을까. 헬렌 야페가 쓴 『체 게바라, 혁명의 경제학』에 따르면 2005년 피델 카스트로는 부패, 신흥부자, 사회를 위해 헌신은 하지 않으면서 무상 복지와 무상 교육의 혜택은 최대한 누리려는 사람들에 대한 전쟁을 선포했다. 이것은 봉급이 낮고 재화가 부족하다는 이유로 국가 자원을 빼돌려도 상관없다는, 국민들 사이에 팽배해 있던 잘못된 인식을 바로잡기 위한 것이었다.

1964년 체 게바라가 이미 예상하고 경고했듯이 사회주의 국가에서도 오랫동안 절도 행각이 존재할 수 있다는 말이 사실로 드러나는 순간이었다. 국민들의 의식이 바뀌려면 얼마만큼의 시간이 필요한 걸까. 국가가 국민을 챙겨주지 않으니 스스로 알아서 챙겨야 한다는 사상이 만연해 있는 곳. 이러한 환경에서 생존하려고 발버둥 치는 쿠바 국민들을 조금은 이해할 수 있었다.

잠 못 드는 아바나

까사 빠르띠꿀라르Casa Particular라고 불리는 쿠바의 민박은 현지인이 자신의 방을 외국인들에게 대여하는 제도다. 쿠바 정부에 까사 허가를 받으려면 깨끗한 방, 에어컨, TV, 냉장고, 침대, 화장실을 갖추어야 한다. 남에게 세줄 정도로 집이 번듯해야 하니 재력이 있는 사람만이 까사를 운영할 수 있다. 그리고 까사를 운영함으로써 태환 화폐인 세우세를 벌어들이니 다른 사람들보다 점점 더 부자가 될 수밖에 없다. 푸른 닻 모양의 까사 표지가 있는 집이 허가를 받은 까사이며, 내국인 전용으로 알려진 붉은 닻 모양의 까사는 방값을 불태환 화폐인 페소로 받는데, 외국인도 사용할 수 있다.

아침부터 에어컨 박스를 힘차게 두드리며 비가 내린다. 이곳은 외벽을 뚫어 에어컨을 방마다 설치하기 때문에 벽과 방의 중간에 에어컨이 있는 셈이다. 에어컨과 벽 사이 빈틈에 새들이 둥지를

尼尔森
AABB
A
NELLANA
何

틀고 알을 낳고 온갖 벌레들이 서식한다. 에어컨만 들어내면 그대로 바깥이다. 방마다 에어컨을 설치하면서도 거실에는 에어컨이 없다. 한국처럼 세워두는 에어컨이 없어서일까. 여름이 가까워지면 더위와 습기 때문에 에어컨 없이 잠을 잘 수 없다. 비가 내리는 날이면 바깥으로 돌출된 에어컨 박스를 두드리는 소낙비 소리를 어쩔 수 없이 들어야 한다. 빗소리는 예상외로 크고 에어컨 박스의 빈틈으로 빗물이 들이치기도 한다. 에어컨 박스를 두드리는 빗소리는 묘하게 향수를 자극하는 데가 있다. 쿠바만의 특색이라고나 할까.

날이 습한 여름이 가까워서지면서 검은 모기떼가 나타났다. 독한 모기에 한번 물린 자국은 얼마 지나지 않아 벌겋게 도드라진다. 참을 수 없는 가려움이다. 손이 닿는 곳은 이미 덧나고 손이 닿지 않는 곳은 어쩔 수 없으니 애써 간지러움을 참는다. 손끝도 움직이지 못할 때 가장 무서운 것이 개미와 가려움이라고 하더니 정말이다.

밤이면 방마다 에어컨 팬이 돌아가는 소리로 시끄럽다. 잠시 밖을 산책하고 와도 샤워를 해야 할 정도로 더운 나라가 쿠바다. 밤에도 에어컨을 켜고 잠자야 하는데 나는 도저히 적응이 되지 않았다. 매번 땀을 흘리며 고생하면서도 에어컨을 끄고 잠자리에 든다. 에어컨을 켜야 하지만 에어컨 바람을 싫어하는 나로서는 딜레마에 빠질 수밖에 없었다. 에어컨 바람이 살갗에 닿기만 해도 소름이 돋으니, 1시간 정도 에어컨을 틀어 방 안이 시원해지면 끄는 생활을 반복하게 되었다. 밤에 일어나 에어컨을 켰다가 다시 끄고 자는 생활을 반복하니 당연히 밤잠이 부족했다.

할 수 없이 침대 머리맡 벽걸이 선풍기를 사용해야만 했다. 그런데 선풍기 앞부분이 달아나고 없다. 물자가 부족한 탓에 화장실 변기 뚜껑이 없는 경우도 다반사였지만, 파란 프로펠러가 그대로 드러난 선풍기를 볼 때면 끔찍한 상상에 모골이 송연해지곤 했다. 내가 깊은 잠에 빠진 사이 살의를 품은 프로펠러가 선풍기를 빠져나와 밤새 쌩쌩 거리며 돌아다닐지도 모른다고 생각하니 끔찍했다. 까사를 구할 때마다 벽걸이 선풍기를 살폈지만, 그때마다 온전한 상태의 선풍기를 볼 수 없었다. 어쩔 수 없이 기세등등한 선풍기 아래서 오늘도 내일도 서늘하고 무서운 잠을 잘 수밖에…….

part 2.

웃고 즐기고 사랑하라

체 게바라여, 영원하라!

몇 번의 이사를 다녔지만 언제나 책상 위에는 엄마의 사진과 함께 아르마스 광장에서 산 체 게바라의 엽서를 올려놓았다. 표정이 얼마나 순수하고 아름다운지 매일 바라보아도 지겹지 않았다. 나와 생일이 같은 사람. 39세의 나이로 세상을 떠난, 세상에서 가장 아름다웠던 사람. 나는 왜 쿠바에 마음이 이끌렸을까. 왜 다른 나라를 선택하지 않았을까.

2012년 6월 14일 체 게바라의 84회 생일날, 까사에서 홀로 체 게바라의 젊은 날을 영화화한 〈모터사이클 다이어리〉를 보았다. 마침 나환자 병원에서의 체 게바라의 생일 잔치 장면을 보여주고 있었다. '맞아, 나랑 생일이 같았어.' 까맣게 잊고 있었다. 처음 알게 된 사실처럼 나는 머리를 스치고 지나는 짧은 빛 하나를 본 것 같았다.

ALICIA GARCIA SANTANA · JULIO LARRAMENDI
MATANZAS
LA ATENAS DE CUBA
un don del cielo
TRINIDAD
DE CUBA
alicia garcia santana
julio larramendi
Zaida del Rio
Bajando por Calle del Obispo
GUEORGUI ZHUKOV
ESCULTURA EN CUBA
HEMINGWAY
El Viejo y el Mar
MARTI
CUBA LIBRE
Desde mi altura
From My Altitude
Paulo Coelho
Der Sieger bleibt allein
Alejo Carpentier
El Siglo de las Luces
Dulce María Loynaz
Poesía
ATLAS ESCOLAR DE CUBA
CRONOLOGÍA DEL CINE CUBANO I

Celia
alas y raíces
REVOLUCION CUBANA
caravana DE LA LIBERTAD
PASAJES DE LA GUERRA REVOLUCIONARIA
EL DIARIO DEL CHE EN BOLIVIA
DIARIO de un combatiente
Che Guevara PRESENTE
VELAS ROJAS
ABSUELTO POR LA HISTORIA
Luis Báez
FIDEL CASTRO
43
CUBA SOCIALISTA
EL DIÁLOGO DE CIVILIZACIONES
EL TABACO CUBANO
HISTORIA DE CUBA
Código Civil de la República de Cuba
CUMPLIREMOS
DEMANDA DEL PUEBLO DE CUBA AL GOBIERNO DE ESTADOS UNIDOS POR DAÑOS
FRANK

나는 쿠바에서 뭔가를 얻어가야 한다는 강박감에 대해 생각했다. 그동안 나는 늘 내 행동이 미진하고 안타까웠다. 열심히 보고 쓰고 느껴야 한다고 생각한 내가 부끄러웠다. 이들은 단지 지금 이 시대를 살아가고 있을 뿐이다. 불순한 의도가 나를 불편하게 한 것이었다. 다만 숨김없는 애정으로 그들을 기록하는 것, 그것이 내게 주어진 숙제일지 모른다. 체 게바라의 아름다운 젊은 날들이 화면 가득 흘러갈 때, 나는 쿠바에 온 나만의 이유를 찾으려고 고민했다.

산타클라라의 체 게바라 기념관이 있는 광장에는 체가 피델에게 보낸 편지 전문이 새겨져 있다. 쿠바 혁명의 한 획을 그었던 장갑열차부대와의 전투가 치러졌던 장소에는 그날의 격전을 형상화한 열차들과 탑이 세워져 있다. 아바나의 거리 어디에서나 일반인들이 담벼락이나 현관문에 그려놓은 체의 초상화를 볼 수 있다. 혁명 광장 앞 내무부 건물에는 밤이면 네온사인으로 반짝이는 체 게바라의 대형 형상이 관광객들을 맞이하고 있다. 거리 곳곳의 기념품점에는 체의 티셔츠와 그림과 모자들이 팔리고 있다. 거리를 걷다보면 〈체 게바라여 영원하라Hasta Siempre Comandante Che Guevara〉라는 노래가 심심찮게 들려오곤 한다.

쿠바 어디를 가더라도 체 게바라와 마주치게 된다. 마치 이곳이 체의 나라인 것처럼. 체 게바라는 아바나를 장식하는 최고의 오브제이며 가장 잘 팔리는 상품이다. 성공한 혁명의 아이콘인 체 게바라는 현재도 끊임없이 복제되고 재창조되고 있는 중이다. 59년이 지난 쿠바 혁명은 낡은 형식으로 남아 있지만 체는 영원히 죽지 않는 신화가 되었다. 쿠바 혁명은 팔십 대의 노인인 피델처럼 늙고 지쳤다. 늙지 않는 건 오직 체 게바라의 미소뿐이다.

메멘토 모리

공동묘지Cementerio de Colon의 대리석 무덤 사이를 홀로 걷는다. 이렇게 많은 죽음을 만난 적이 없다. 이렇게 아름다운 죽음을 본 적이 없다. 너무 많은 죽음의 풍경을 보아서인지, 너무 많은 죽음을 포식해서인지 헛배가 불러왔다. 하나같이 비탄에 젖은 표정, 슬픔에 침윤당한 표정으로 묘지를 내려다보는 동상들. 동상은 천사이거나 예수님이거나 피에타 혹은 가족의 얼굴이 새겨져 있다. 아기 천사의 비통한 모습은 차마 바라보기 민망할 정도이다. 죽음의 형식이 이토록 아름답다니…….

사람의 얼굴에는 슬픔의 표정이 지워졌지만 동상의 얼굴에는 첫 표정이 그대로 정지되어 있다. 사람들은 제 슬픔이 지워지는 것이 두려워 영원한 표정을 석상에 보존하려고 한 것일까. 하지만 무엇이든 영원하지 않다는 것을 묘지는 명명백백하게 보여준다. 탄탄했던 묘지석은 무너지고 땅은 들뜨고 꽃병은 스러지고

대리석에 새긴 이름은 마모된다. 슬픔의 표정들도 조금씩 닳아가고 나무들만 무성하게 묘지들 사이에서 자라난다.

먹구름이 태양으로 몰려든다. 비가 흩날린다. 흰 구름이 둥실 떠 있는데 비가 내리고 사람들은 묘지의 사잇길로 걸어간다. 광대한 공동묘지의 이쪽과 저쪽을 길이 이어주고 있다. 살아 있는 사람들은 아무렇지 않게 죽은 사람들의 거리를 걸어 자기 집으로 돌아간다. 장바구니를 들고 우산을 쓰고 자전거를 타고 지나간다.

일가가 멸망해버리면 묘지도 사라지는 법. 어느 세도가의 합동묘지의 문은 굵은 자물쇠로 잠겨 있다. 창은 햇살 아래 하얗게 부서졌다. 힘센 풀들이 지붕을 뚫고 자라고 새겨진 이름은 희미하게 지워지고 없다. 거대한 화환이 무덤에 놓여 있다. 시들어가는 꽃들의 향기가 서둘러 죽음을 이야기하고 있다. 주위의 벌레들과 주위의 죽음들이 모두 모여든다. 급속도로 말라가는 색색의 글라디올러스의 지독한 냄새는 시취와 놀랄 정도로 닮았다.

대리석 묘지마다 네 개의 고리가 달려 있다. 마치 고리를 들어 올리면 뚜껑을 열고 망자가 깨어나 살아나올 것 같다. 사랑하는 이의 모습이 고이 머물러 있을 것만 같다. 어느 좋은 시절에 마법의 주문을 외우고 고리를 들어 올리면 그들이 모두 살아 돌아오리라. 하지만 현실은 상상과는 전혀 달랐다. 무덤의 공급부족 때문에 몇 년이 지난 후 시체를 다시 꺼내 화장한다고 한다. 그때 저 고리를 실제로 사용한다고 하니 현실은 상상보다 잔인했다.

비통하고 슬픔에 빠진 동상들 사이에 무성한 향나무가 자라고 있다. 묘지를 들어 올리고 죽음을 거름 삼아 푸른 그늘을 드리우는 향나무. 잎마다 햇살이 가득하고 생명력이 넘치는 향나무. 살아 꿈틀거리는, 향나무의 생명력이 왕성하면 왕성할수록 죽음과의 밀착된 거리와 거래는 숨길 수가 없다.

오래된 묘지 사이에서 2011년에 작고한 에스페란사 로드니게스 푸냐레스의 묘지를 본다. 대리석 무덤 위에 예쁘게 줄지어 놓은 꽃이 시들어가고 있다. 그는 아직 누군가의 기억에서 지워지지 않았다.

스텝 에어로빅과 열대성 폭우

베다도 17번가에 있는 3층 건물 계단을 내려가면 헬스장이 있다. 어두컴컴한 반지하 공간에는 손때로 반질거리는 헬스 기구를 들고 땀내를 풍기며 운동하는 사람들과 에어로빅 중인 사람들로 언제나 복잡했다. 중앙 넓은 홀에는 에어로빅에 열중하는 사람들이 있고, 중앙 홀을 감싸고 원을 두르며 낡은 헬스 기구들이 놓여 있다. 나무로 만든 스텝박스 위를 오르내리는 사람들, 귀청이 찢어질 듯이 크게 틀어놓은 음악, 그리고 조명이 낮게 내려앉은 그곳은 아바나의 또 다른 면모를 보여주는 곳이다.

키가 180센티미터인 흑인 여강사는 얼핏 보기에 뚱뚱했다. 하지만 얇은 에어로빅 운동복 위로 운동으로 다져진 탄탄한 몸매가 도드라졌다. 짧은 머리카락을 틀어올려 묶고 우렁차게 구호를 외치며 스텝박스 위를 뛰어다니는 그녀를 볼 때면 마치 아마존 여전사의 모습을 보는 듯했다.

한 달 에어로빅 수강료가 70페소(4,000원 정도)란다. 일주일에 한 번만 해도 전혀 돈이 아깝지 않는 금액이다. 쿠바 여자들은 타고난 몸매도 있지만 스스로 많은 노력을 기울인다. 거리를 걸어 다니는 비너스를 닮은 여자들도 사실은 몸매를 유지하기 위해 많은 노력을 한 것이다. 쿠바 여자들의 멋진 몸매에 기가 죽었었는데 몸매의 비밀을 알고 나니 역시 신은 공평하다는 생각이 들었다. 이곳에 잘 가꾼 근육질의 남자들이 많다는 소문을 들었지만, 내 눈에는 너무 과도하게 근육을 키운 남자들만 보였다. 소문보다 멋지진 않지만 열대의 더위에도 불구하고 운동으로 자신을 가꾸는 열정만은 인정해줄 만했다.

1시간 내내 쉬지 않고 스텝박스를 오르내리다 보니 온몸이 땀에 흠뻑 젖어버렸다. 아직 순서를 외운 것도, 동작을 제대로 한 것도 아닌데 이 정도로 힘들면 앞으로 얼마나 더 힘들까? 에어로빅 강사는 수강생들이 힘들어 할수록 더 큰 고함을 지르며 격려 아닌 독려를 했다. 온몸이 근육이 아닐까. 검고 빛나는 피부와 상투머리 헤어스타일 때문에 더 위압적인 그녀는 에어로빅이 끝나도 아직 힘이 남아 있는 듯했다. 샤워 시설이 없어 땀에 젖은 몸을 씻지도 못하고 집으로 갔다. 싼 게 비지떡이라더니……. 대낮이 아니라 밤이라서 천만다행이었다. 오랜만의 격한 운동을 한 탓인지 온몸의 근육이 놀란 모양이다. 다리가 후들거리고 배가 고파왔다. 한국의 홍시 맛이 나는 달콤한 마메이 주스를 마시자 한결 몸의

긴장이 누그러졌다. 하지만 격한 에어로빅에 놀란 몸은 돌아누울 때마다 여기저기에서 비명을 지르는 것이었다. 몸의 한계까지 나를 밀어붙인 느낌이었다.

며칠 후 조금씩 비가 내리기 시작했다. 오늘은 에어로빅하지 않으리라 결심했는데 며칠 쉬다 보니 몸이 찌뿌드드했다. 비가 흩뿌리는 거리를 걷는데 사람들은 이 정도 내리는 비는 하찮다는 듯이 아예 우산을 쓰지 않는다. 시간이 지날수록 비는 조금씩 더 내리고 겨우 헬스장에 도착하니 앞 시간의 에어로빅이 이제 막바지 마무리 중이었다.

누군가 농담 삼아 비가 내리면 강사는 오지 않는다고 한다. 시간이 되어도 그녀는 정말 나타나지 않았다. 20분 정도 지나자 웬 사내가 어떤 해명도 없이 카세트의 음악을 다른 음악으로 바꾸고는 사무실 쪽으로 사라져버렸다. 설마, 얼굴도 보이지 않다니. 쿠바다운 일이다. 묵묵부답이던 사람들은 일찍 돌아가거나 용감하게 사람들의 시선을 받으며 에어로빅 연습을 하거나 스트레칭하며 비가 그치길 기다렸다. 하지만 그 사이 비는 더 많이 내려 빗소리가 우렁차게 반지하 헬스장을 울렸다. 번쩍 하는 번개와 천둥 사이 굵은 빗줄기가 선명하게 창문에 비쳤다.

이젠 정말 집에 가고 싶어도 아예 가지 못할 지경이 되어버렸다. 금세 그치겠지 생각하며 기다렸지만 비는 도대체 그칠 기미가 보이질 않았다. 어쩔 수 없이 우산을 들고 집까지 걸어가는데 짧은 사이 내린 비가 말 그대로 강을 이루었다. 도로 위로 빗물이 콸콸 쏟아지고, 하수구를 빠져나가지 못한 빗물에 운동화와 바짓가랑이가 다 젖어버렸다. 아예 바지를 걷어 올리고 걷는데 너무 세찬 급류를 보니 건너기가 겁이 날 정도였다.

걸어가는 사람들이 거의 보이질 않았다. 모두 다 어디로 사라졌을까 하고 궁금해 하는 바로 그때, 자동차 헤드라이트에 비친 건물의 현관 앞에 사람들이 옹기종기 모여 있었다. 언제까지라도 기다리겠다는 듯이 하염없이 소낙비를 바라보면서. 그들은 내가 안절부절못하며 도로를 횡단하는 것을 물끄러미 지켜보았다. 현지인들은 비가 많이 쏟아질 때 움직이지 않고 기다려야 한다는 사실을 아는 것이다. 하지만 나는 이곳의 이방인. 쏟아지는 폭우와 어둠이 무서워 빨리 집으로 돌아가 침대에서 편히 쉬고 싶은 마음뿐이었다.

번개가 칠 때마다 어두운 밤거리의 풍경이 잠깐씩 드러났다. 거센 물길 앞에서 겅중겅중 뛰어다니는 사내도 있고, 차가 거의 사라진 대로에서 연인들이 서로 장난을 치며 달려가기도 했다. 23번가에 가까워지자 집 근처 도로 위에는 쏟아진 빗물로 세찬 강물을 이뤘다. 도저히 건너기가 힘들 정도의 폭이었다. 조금 폭이 좁은 곳을 찾아 도로를 따라 걸어가는데 뒤이어 오는 차가 기다리지 못하고 경적을 울리며 빠르게 지나갔다. 저 물길을 어떻게 건너야 하나. 이리저리 재어보아도 마땅한 방법이 없었다. 아무런 방법이 없을 땐 그냥 용감하게 건너는 편이 마음이 편해지리라. 망설이다가 겨우 뛰어넘은 물살이 몇 개였을까? 평소 도보 20분 거리를 오늘은 2시간이나 걸려 드디어 집에 도착했다.

까사 주인 밀레나는 비에 흠뻑 젖은 내 꼴을 보고 놀란 얼굴로 얼른 문을 열어주었다. 이 비가 '스콜'이라는 열대성 소나기라고 한다. 하수 시설이 부족한 아바나를 순식간에 통제 불능으로 만들어버리는 스콜. 나는 무사히 집으로 돌아왔지만 평소 거리에 지뢰처럼 쌓여 있던 그 많은 개똥들은 어디로 갔을까?

물탱크 괴담

화장실 욕조 위를 올려다보다 깜짝 놀랐다. 파란 드럼통 두 개가 욕조 위 선반에 떡하니 자리 잡고 있었다. 아바나대학교 도로 건너 오른쪽에 있는 3층집이었다. 페데리코 할아버지와 미르타 할머니 두 분이 사시는 집에 방을 얻었다. 그때 미처 보지 못한 커다란 물탱크였다.

아바나는 이틀에 한 번 가정에 물을 공급하기 때문에 집집마다 옥상이나, 또 옥상이 없으면 선반에 물탱크가 있다. 물이 나올 때 물을 저장했다가 다음 날 물이 나오지 않을 때 쓴다고 한다. 저 거대한 물탱크 안의 물이 쏟아지지 않을까. 나는 욕조를 아예 쓰지 못하고 재빨리 샤워하고 화장실을 빠져나오는 일이 잦아졌다. 아바나대학교에 가까운 집을 구했는데 복병이 물탱크일 줄이야. 내 소심한 두려움은 물에 가득 잠긴 침대 위에서 일어나는 꿈을 꾸는 것이었다.

베다도 거리를 걷다가 하늘을 올려다보면 아주 아찔한 장소에 놓여 있는 다른 집 물탱크를 볼 수 있었다. 집과 집 사이 좁은 벽에 얼기설기 나무 선반을 쌓고 그 위에 물탱크가 태평스레 앉아 있는 것이었다.

어느 날 외국인들 사이에 떠도는 쿠바의 물탱크 괴담을 듣게 되었다. 옥상의 오래된 물탱크를 청소도 하지 않고 내버려두어서 깨진 물탱크 안으로 벌레나 또는 뱀이 들어가 산다는 것이었다. 그 물에 세수하고 샤워를 하니 없는 병도 생긴다며 쿠바에 있는 외국대사관 직원 가족들은 물을 자국에서 가져와서 쓴다는 말이 나올 정도였다. 센트로 아바나Centro Havana의 오래되고 수리를 하지 않아 무너져가는 집에서 사는 사람들을 보면 그 말이 거짓만은 아닐 것이라는 생각이 들었다. 재래식 화장실에 변변한 방도 침대도 없이 사는 사람들도 많으니 말이다.

2012년 7월 초 콜레라가 쿠바 동쪽을 휩쓸며 아바나까지 진격했다. 콜레라 발생으로 15명이 죽고 수백 명이 유사 증세로 입원 중이란다. 외국인 친구에게서 손을 깨끗이 씻고 물을 끓여먹고 길거리 음식을 사먹지 말라는 이야기를 들었다. 130년 만의 콜레라 발생이라고 한다. 부족한 위생시설과 집중 호우, 여름철의 고온다습한 현상이 복합적으로 작용해서 일어난 일이었다. 그러나 쿠바 TV 뉴스에는 콜레라에 대한 어떤 언급도 없었다. 외국인들 사이에는 만연하게 퍼진 콜레라에 대한 걱정도 실상 쿠바인들에게 아무런 영향을 주지 않았다. 여전히 그들은 오염된 수돗물로 만든 길거리 과일 주스를 사먹고 길거리 음식을 먹었다.

차단된 정보 탓인지 쿠바인들의 일상은 너무나 평온했다. 쿠바는 관광 수입의 비중이 높은 사회주의 국가인 것이다. 아바나까지 진격한 콜레라는 사람들의 생활에 아무런 영향을 주지 못했다. 소문이 믿기지 않아 직접 한국의 인터넷을 검색하면서도 너무나 평온한 쿠바인들의 대처에 놀랄 수밖에 없었다. 21세기에 콜레라라니! 물탱크 괴담이 괴담이 아니라는 확실한 증거였다.

24배의 행복과 불행

복잡한 환전의 세계

쿠바는 세계에서 유일한 이중화폐 국가이다. 미 달러화의 영향력에서 벗어나기 위한 고육지책으로 두 가지 화폐를 만들어 사용했다. 1994년 달러와 바꿀 수 없는 불태환 페소CUP인 페소와 달러로 바꿀 수 있는 태환 페소CUC 세우세를 도입했다. 세우세는 페소의 24배이며 주로 상점에서 공산품을 구매하거나 호텔을 이용할 때 또는 숙박비로 사용한다. 세우세 대 미 달러화는 일대일이다.

하지만 환전소가 아니라 암시장에서 일대일로 바꿀 수 있다. 외국 관광객은 세우세만 사용하는 걸로 알려져 있지만 페소 또한 환전소에서 바꿔 사용할 수 있다. 나는 페소를 감자, 양파, 파인애플, 망고 등 농산품과 과일을 시장에서 살 때 이용했다. 달러화를 대신하기 위한 화폐 제도라고 하지만 나 같은 외국인들이 이중화폐 제도를 제대로 이해하기란 쉬운 일이 아니었다.

BANCO NACIONAL DE CUBA
UN PESO
838045
AC 46
BANCO NACIONAL DE CUBA
TRES PESOS
720461
CG 03
BANCO NACIONAL DE CUBA
DIEZ PESOS
727853
FF 01
BANCO NACIONAL DE CUBA
BANCO NACIONAL DE CUBA
I 783911 A
UN PESO
BANCO NACIONAL DE CUBA
V 010614 A
CINCO PESOS
BANCO NACIONAL DE CUBA
U 006746 A
DIEZ PESOS
BANCO NACIONAL DE CUBA
Q 564271 A
VEINTE

매달 초 집세를 내기 위해 가져간 유로화를 까데카Casa de Cambio(환전소)에서 세우세로 바꾸고 일정 금액의 세우세를 페소로 환전해서 사용했다. 길거리 피자를 먹을 때도 페소로 지급하고 길거리 에스프레소를 살 때도 마찬가지다. 페소가 없어도 동전 1센따뽀를 주면 나머지 거스름돈을 돌려준다. 한화에 유로화 그리고 쿠바 세우세, 페소까지 몇 번 화폐가 바뀌자 돈에 대한 개념이 제대로 서지 않았다.

대체 한화로 얼마를 쓰고 있는지 알 수 없어서 가계부를 쓰기도 했지만 동전까지 계산할 때면 도무지 오리무중이었다. 원래 계산에 철저하지 못한 터라 매번 환전할 때마다 환율계산에 머리가 아플 지경이었다. 쿠바에 머물 때 마침 내가 가진 유로화의 가치가 뚝뚝 떨어지고 있던 참이라 귀국할 즈음에는 돈의 대부분이 사라지고 있는 게 아닐까 하는 불안감이 들었다.

쿠바에 2개월 더 머무르기로 결정하자 마침내 가져간 돈이 모두 떨어졌다. 조금 남은 유로화는 중간 기착지인 파리에서 사용하기로 하고 어쩔 수 없이 현금 서비스를 받기로 했다. 아바나 리브레 호텔에서 만난 한국인 커플에게 호세 마르티 공항의 ATM 기기에서 출금하다가 기계가 카드를 삼켜서 고생했다는 이야기를 들었다. 카드를 찾으려고 몇 번의 통화 끝에 공항을 오간 이야기를 들은 적이 있는 터라 ATM 기기를 사용할 때마다 매우 조심스러웠다. 그들은 비싼 택시비를 지불하며 찾아간 공항 사무실에서 책상 위에 가득 쌓여 있던 카드들을 보았다고 했다.

이곳 ATM 기기는 카드를 먼저 뱉어내는 것이 아니라 먼저 돈을 뱉어낸 후에 카드는 한참 후 잊을 만하면 나왔다. 어떨 땐 기기가 제대로 작동하지 않는 경우도 많았다. 그때마다 다른 기기를 찾아서 돌아다녔지만 한국과 달리 시내이거나 상업 지역이 아니면 ATM 기기를 찾아볼 수 없었다.

2013년 가을, 세계에서 유일하게 이중통화 제도를 유지해온 쿠바가 이를 폐지한다고 발표했다. 이중통화 제도는 불합리적이고 모순적인 제도이지만 19년이나 유지해온 통화 체제를 폐지하는 것이 국가 경제시스템에 얼마만 한 혼란을 가져올지 알 수 없다. 세우세를 벌어들이는 사람은 관광객을 대상으로 하는 관광업이나 또는 택시 기사들, 그리고 민박을 운영하는 까사 주인 등 소수의 쿠바인들밖에 없었다. 일반인들은 국영 상점의 수입 상품을 구입하려면 또다시 페소를 세우세로 바꿔 사용해야 했다. 불평등한 경제구조는 세우세를 가진 자와 못 가진 자의 빈부 격차를 더욱 심화시킨 것이다. 국민들 사이에 반감이 쌓일 수밖에 없는 것은 당연한 일이었다.

일반인들이 외국 관광객들을 대상으로 택시나 숙박 임대 등의 불법 영업을 하는 경우도 있다. 당연히 세금을 포탈하고 소득 신

고를 제대로 하지 않는다. 한동안 살았던 어느 까사의 여주인은 숙박 영수증을 요구하는 나를 오래 기다리게 한 뒤 정식 영수증이 아닌 A4 용지에 손으로 쓴 영수증을 건넸다. 그동안 쌓았던 인간적인 유대 따위는 지금 당장의 생존에 비하면 아무것도 아닌 셈이었다.

해마다 화폐 제도 개혁에 대한 소문들이 난무했단다. 그때마다 쿠바인들은 숨겨두었던 돈을 꺼내서 바꾸느라고 환전소가 문전성시를 이뤘다고 한다. 이번 조치로 인해 이중화폐 제도가 정말 사라질 수 있을까. 이중통화 제도 폐지 선언 후 몇몇 법인체들(수출입 업체들)이 시범적으로 운영하고 있고 차차 확대해 나간다고……. 아직 국민들의 생활에 큰 영향을 주고 있지 않단다. 항간에 떠도는 또 다른 소문은 두 가지 화폐(세우세, 페소)가 없어지고 새로운 화폐가 등장할 수도 있다고 한다. 어느 경우든지 이번 조치로 인해 쿠바 사회주의가 자본주의의 영향권으로 돌아가는 게 아닐까 하는 일말의 불안감을 떨칠 수 없다.

쿠바인은 모두 집이 있다

'쿠바인은 모두 집이 있다'라는 말 속에는 무수한 경우의 진실이 존재한다. 먼저 집이 어떤 형태의 집인가가 중요하고, 지금 누구와 함께 살고 있는가 또한 중요한 문제다. 쿠바 혁명 이후 집권층들은 대부분 미국으로 떠났다. 그들이 남겨둔 저택을 국가가 몰수하여 국민들에게 나누어 주었다고 한다. 하나의 대저택이 조각조각 나눠져서 타인들에게 배분된 것이다. 센트로 아바나의 대부분의 집들은 방 한 칸 내지 두 칸에 한 가족이 모여 살고 있었다.

물자가 부족해 새로 집을 짓는 일이 거의 없으니 가족이 늘어날 때마다 온갖 방편이 동원될 수밖에 없다. 이혼한 부부가 각각의 파트너와 함께 한 집에 살고 있다는 얘기를 들었다. 좁은 집을 쪼개어 칸막이를 치고 각자의 애인과 생활하는 것이 가능하다는 사실 자체가 놀라웠다. 살 집은 한정되어 있고 또한 집을 팔아 서로 나누어 가질 수 없으니 어쩔 수 없이 한 집에서 산다고 했다.

대안이 없으니 과거의 짝과 기묘한 동거를 하는 것이다. 하지만 사생활 보호를 할 수 없는 현실에 얼굴이 붉어지는 것은 어쩔 수 없었다.

친구에게서 들은 또 다른 이야기는 복잡한 쿠바의 부동산 실상을 느끼게 했다. 집의 소유주인 할머니가 사망한 후 아들이나 딸이 우선순위로 집을 물려받는 것이 순리지만, 오히려 할머니와 같이 살았던 손녀가 집을 물려받는다고 했다. 부모 집에 살 방이 없어 할머니 집에 더부살이하던 손녀딸이 어린 십 대의 나이에 집을 차지하게 되는 이상한 일이 벌어지는 셈이다.

아바나 거리 곳곳에서 종종 거지를 만나게 된다. 구걸로 연명하는 그들은 공원이나 관광객들이 많은 오비스포 거리에서 당당하게 손을 내민다. 할머니들이나 나이 든 남자들이 대부분이다. 장님이 지팡이를 내밀며 한 손으로 깡통의 동전 소리를 내면서 걸어간다. 묘하게도 장단이 맞는 그 소리를 듣다가 동전 몇 닢 넣어주면 다시 소리를 내어 돈이 얼마인가 확인을 한다. 그는 매일 이 거리를 지나다닌다.

어느 날은 집 앞 쓰레기통을 뒤지는 노숙자를 보았다. 거리마다 파란 쓰레기통이 일정한 간격으로 서너 개씩 놓여 있는데 음식물 쓰레기를 포함한 모든 쓰레기를(분리수거하는 것이 아니라) 몽땅 한 쓰레기통에 버린다. 충격적이게도 그는 곰팡이 핀 빵을 입으로 넣고 있는 중이었다. 사회주의 국가인 쿠바는 국민에게 매일 일인당 1개씩 빵을 배급한다. 그래서 굶어 죽기도 힘들다는 농담을 하기도 하는데 그에게 배고픔은 빵 하나로 채워지지 않았던 것이다.

평등이 최고인 사회에서도 암적인 존재인 불평등이 나타나는 건 어쩔 수 없는 현상이다. 피델 카스트로가 물러나고 동생인 라울 카스트로Raul Castro가 자리를 이어받으면서 쿠바는 부담스러운 변혁의 시기에 직면해 있다. 다만 그 변화의 혜택이 국민 개개인에게 평등하게 돌아가는지 의문이다. 지나는 행인을 붙들고 행패를 부리는 술 취한 사내를 보며 그냥 지나칠 수 없었던 이유는 소외의 자리에 내몰린 우리 노숙자와 너무나 흡사한 모습이기 때문이었다.

먹고 즐기고 사랑하라

시인이라는 직업을 선택하면서 일찌감치 세속적인 부나 명예와는 무관하다고 생각했다. 하지만 그것이 전부가 아니라는 사실을 잘 알고 있었다. 사십 대의 나이에 접어드니 부나 명예보다 미래에 대한 불안만은 어쩔 수가 없었다. 시인도 자본주의 사회에서 살아가는 일원이니 당연한 일이지만 특히 미혼의 여성 시인이라니……. 집안의 걱정을 한 몸에 받고 있는 입장일 수밖에 없다. 미래에 대한 불안이 스멀스멀 일어날 즈음 나는 쿠바에서 현재에 열중하며 살아가는 사람들을 만났다.

그들은 현재를 즐기고 살아가는 일이 인생의 모토인 것 같았다. 언제나 지금, 현재, 오늘을 살아가지 절대로 내일, 모레의 일을 걱정하지 않았다. 열대의 나라답게 모든 일들이 느릿느릿 흘러가고 '이런들 어떠하리, 저런들 어떠하리' 하는 그들의 태도가 답답하게 느껴지는 일이 한두 번이 아니었다. 그런데 이상하게 처음

에는 도저히 이해할 수 없는 행동도 어느 정도 시간이 흐르자 조금씩 이해가 되는 것이었다.

사랑을 하면 현재에 산다는 말처럼 쿠바가 사랑으로 넘쳐나는 곳이라는 사실이 그들의 행동에 영향을 미친 것일까? 진정한 사랑은 과거도 미래도 아닌 지금 현재의 일인 것이다. 사랑이라는 한 송이 꽃은 지금 이 순간 피는 것이지 내일 피는 것이 아닌 것처럼.

현재에 머물지 못하는 결과로 생겨나는 진정한 삶과의 괴리는 이곳에서는 거의 없다고 해도 과언이 아니다. 미래에 대한 불안 따위가 스며들 틈조차 보이지 않는다. 궁핍할 정도로 가난한 사람들은 미래에 대해 생각할 어떤 여유조차 없다. 그러나, 그럼에도 불구하고, 현재를 즐기는 그들의 천성은 타고난 듯했다.

줄리엣 로버츠 주연의 〈먹고 기도하고 사랑하라〉라는 영화를 아바나에서 보았다. 이혼과 이별을 경험한 여주인공이 자신은 누구이며, 진정으로 원하는 게 무엇인지 생각할 시간과 공간을 얻고자 홀로 여행을 떠난다. 영화는 서양이든 동양이든 여자로 산다는 것은 많은 제약이 있고, 인간으로 살아간다는 것이 고통이라는 사실을 보여준다. 그리고 남자의 세계에서 여자는 늘 불안하고 흔들리는 존재라는 것. 나는 주인공의 삶에서 내 모습을 엿보았다.

무엇보다 나를 용서하는 것이 가장 힘들 때가 있었다. 표리부동한 자신을 인정하는 것도 고역이었다. 상처를 입은 후 극복하기보다 오히려 회피하는 것이 내 본모습이었다. 하지만 세상은 두 눈 뜨고 당당히 상처를 인정하라 한다. 인정하지 않아도 이미 상처는 존재하고 있다. 피한다고 피할 수 있는 것이 아니라는 사실을 알면서도 회피하기만 했던 내 젊은 날의 모습을 다시 대면했다. 이제는 나 자신을 알면 성숙해질 수 있다는 말을 믿어야 할 때였다.

스무 살에 엄마가 세상을 떠났다. 나는 학교를 휴학하고 마음의 병으로 몸의 병을 불러내었다. 아무리 이십 대가 반짝이는 시절이라 해도 나는 다시 이십 대로 돌아가고 싶지 않았다. 애도의 시간은 길고 길었다. 시를 쓰면서 나는 나 자신과 조금씩 화해를 하기 시작했다. 진정 강한 사람은 상처를 딛고 다시 시작하는 사람이며, 상처는 상처로 남겨두어야 한다는 말을 인정하기까지 얼마나 오랜 시간이 걸렸던 것일까. 상처를 정면으로 응시하는 시간은 너무 늦게 온 것이 아니라 제 시간에 맞춰 왔다. 상처는 미성숙한 나를 성숙시키기 위한 최상의 방편이었다.

처음에 나는 〈먹고 기도하고 사랑하라〉라는 영화 제목을 '먹고 즐기고 사랑하라'로 오독했다. 내 안에 있는 어떤 존재가 기도보다 즐기기를 선택했었나 보다. 안정된 일상생활에서 벗어나 여행을 떠나면서, 길 위의 사람들에게 인내와 관용과 진정한 인생의 의미를 배울 수 있었다. 겸손하게 예의를 차리고, 낮은 자세로 마음을 낮춘다면 이곳에서 나는 내 안의 신을 만날 수 있을까. '간마저도 웃어야 한다'는 대사처럼 밤마다 온몸으로 미소 지으며 잠잘 수 있다면 얼마나 행복할까.

베르데 베르데

어스름이 내려앉는 저녁, 채플린 극장에서 상영하는 쿠바 영화 〈베르데 베르데Verde Verde〉를 보러 가는 길이었다. 가로등이 거의 없는 길거리는 시간이 지날수록 암흑처럼 깊어갔다. 골목길을 벗어나 대로로 빠져나오자 멀리서 "치나!"(중국 여자)라며 외치는 소리가 들려왔다. 캄캄한 밤인데도 동양인과 서양인의 구별이 가능한 것이 신기할 정도였다. 그러려니 하고 무시하며 걸어가는 것이 최선책이라는 것을 몇 달 사이에 배워버렸다.

극장 앞에는 사람들이 줄서서 표를 사고 있었다. 버릇처럼 사람들의 줄 사이에 서 있을 때 친구가 도착했다. 영화표는 여전히 2페소(110원), 올 때마다 생각하지만 싸다 못해 너무 저렴한 금액이다. 하긴 영화 필름이 귀한 탓으로 필름 대신 CD를 틀어주니 당연하긴 하지만.

마니(땅콩) 1봉지를 사서 극장 안으로 들어갔다. A4 용지를 길게 말아 안에 볶음 땅콩을 넣어 파는 것이 1페소(55원)다. 팝콘처럼 심심할 때 주전부리로 간단하게 먹을 수 있다. 거리에서도 볶음 땅콩을 파는 사람들이 많은데 어느 땅콩 장수는 외국인인 나에게 1봉지에 1세우세(1달러)라며 바가지를 씌우려고 했었다. 그리고 신기한 점은 땅콩을 싼 종이가 쿠바에서 보기 힘든 질이 아주 좋은 컴퓨터 용지였다. 아마도 땅콩보다 종이 값이 훨씬 더 비쌀 것이다. 불법으로 종이를 조달하지 않는다면 어떻게 비싼 A4 용지를 땅콩 봉지로 쓸 수 있을까.

영화는 선정적인 화면으로 시작되었다. 게이 바에서 스트립쇼가 벌어지고, 남자의 나신이 화면을 가득 채운다. 카메라는 느끼한 남자의 눈동자와 몸놀림, 욕망이 가장 격렬하게 몸을 훑고 지나는 순간을 집요하게 따라붙는다. 게이와 트랜스젠더들 그리고 음악과 술, 권총과 도박 그곳에는 모든 것이 있었다. 선장의 집으로 간 두 남자는 오래 이야기를 나눈다. 게이로 사는 것이 힘들다. 나는 게이가 아니다. 등등. 게이를 혐오하는 젊은 남자는 사실 남자에게 이끌리는 자기의 본성을 거부하고 있다. 서로 섹스를 하게 되자 나는 남자라고, 다른 사람에게 말하지 말라며 끝없는 자기 검열에 시달린다.

지금 즐기는 섹스에 집중하는 것이 아니라 다른 사람의 시선에

자신을 내맡긴다. 결국 섹스가 끝난 뒤 격렬한 분노에 시달리게 된 젊은 남자 주인공은 참을 수 없는 자기혐오에 빠져 파트너인 선장 남자를 칼로 난자한다. 마침내 혀까지 자르며 이젠 말할 수 없을 것이라고 외치며 분열된 자아를 극명하게 보여준다. 혀를 자르고 성기를 자르는 행위는 자기 자신에게 위해를 가하지 못하게 하는 일종의 자기방어적 행위인 셈이다. 의식을 치르듯 행해진 그 일 뒤에 죽은 남자를 부둥켜 안고 오열하는 모습은 뭐라고 말하기 힘든 감정을 느끼게 했다.

무엇이 저토록 남자를 몰아갔을까? 게이로서의 정체성을 인정하는 것이 개인적, 사회적 압력과 더불어 또한 쿠바라는 국가의 무언의 압력이 있는 걸까? 오시마 나기사 감독의 영화 〈감각의 제국〉이 단순한 포르노 이상의, 군국주의가 팽배했던 일본의 불안한 사회상을 보여준 영화인 것처럼 이 영화도 오로지 게이의 분열된 자아상만 보여주는 것은 분명 아니었다.

쿠바는 사회주의 국가이며 모든 국민은 평등하다고 한다. 그러나 자세히 안을 들여다보면 빈부 격차도 있고 노숙자도 존재한다. 다만 굶어 죽는 사람이 없을 뿐이다. 혁명의 주체인 70~80대들이 아직도 국가의 요직을 담당하고 있다. 그들은 깨끗한 음식을 제공 받는 농장이 따로 있으며 국민들과 외국인은 그곳을 출입할 수 없다. 특권층을 위한 곳이 존재한다는 사실 자체가 북한과 다를 것이 없다는 생각을 갖게 했다. 잘 포장된 사회주의의 진실은 파고들수록 까놓은 코코넛 껍데기처럼 바닥에 수북하게 쌓여간다. 이 모든 불안한 상황들이 게이이기를 거부하는 젊은 주인공 남자에게 투영된다. 인정하고 싶어도 인정할 수 없는 사회의 모순이 '게이'라는 특수한 입장에 겹쳐진다.

영화 제목인 〈베르데 베르데〉의 베르데는 덜 익은 과일의 초록색을 말한다. 강한 부정은 강한 긍정이라는 뜻이 제목에 담겨 있다. 베르데를 두 번 강조함으로써, 초록색이 가진 긍정적인 면보다 부정적인 의미를 드러내려고 한 것을 알 수 있다. 아무리 쿠바가 사회주의 덕목을 강조하여도 이미 그 사회주의는 자본주의에 심하게 오염된 상태라는 듯이. 그 사실을 부정하려 해도 부정되지 않고, 모두 알고는 있지만 먼저 말하지 않는 상태. 이 영화는 쿠바의 현재를 고발한 가장 사회적인 영화이다. 하지만 마땅한 대책은 없다. 마지막 장면에서 마침내 '나는 게이다'라고 인정한 남자 앞에 나타난 사내의 작업복 바지 지퍼 내리는 소리는 그 사실을 그대로 말해주는 듯했다.

불심 검문

쿠바는 치안이 불안한 다른 중남미 국가들과 달리 여행자들에게 안전한 나라에 속한다. 언젠가 마지막 수업 후 귀국하는 독일인 친구의 파티에 참석했다. 자정 넘은 시간에 집까지 혼자 30여 분을 걸어온 적이 있었다. 약간의 취기에도 주변의 공기는 호의적이었다. 사람들이 집과 거리에서 의자에 앉아 주시하거나 높은 옥상에서 바라보고 있다는 사실을 잘 알고 있었다.

별 두려움 없이 집까지 걸어갈 수 있었던 까닭은 취기보다는 어떤 믿음 같은 것을 갖고 있었기 때문이었다. 집에 도착하자마자 안도의 숨을 내뱉기는 했지만 조심스레 행동하면 충분히 위험을 예방할 수 있다고 생각했다. 한밤에도 여행자의 기본 수칙만 지킨다면 전혀 위험할 것이 없다고 여겼지만, 이것은 나의 순진한 생각이었다. 쿠바는 불안한 전력 사정으로 가끔 전기가 예고도 없이 끊기곤 한다. 어느 때는 하루 종일 전기가 들어오지 않은

El Jigüe
70
70A

경우도 있었다. 어느 폴란드인 여학생이 밤길을 걸어가는 중에 정전이 되었다. 잠시 멈칫한 순간 그녀는 흑인 남성 2명에게 퍽치기를 당했다고 한다. 나는 다만 운이 좋았을 뿐이었다.

길을 걷다보면 사람들이 사방에서 나를 주시하고 있다는 걸 느낄 때가 많다. 한국 CCTV의 역할을 사람들의 눈이 담당하고 있다. 그래서인가, 스페인어로 번역한 내 시를 읽은 어느 쿠바 시인은 「CCTV」라는 시가 인상적이라고 했다.

언제 어디서나 나를 보고 있는 사람들의 시선을 느낄 수 있었다. 이 나라 사람들의 정보망은 인터넷보다 더 정확하고 빠르다. 쿠바 전역 어디에서든 내가 무엇을 하는지를 아바나에서 알 수 있다니 얼마나 놀라운가? 모든 통신이 검열당하고 있으며 개인의 사생활도 여기에서는 모두 주시의 대상이 된다. 요즘 스노든의 폭로로 미국도 마찬가지라고 하지만 작은 섬나라에서의 느낌은 또 다르다. 이 나라에서는 열렬한 친밀감 속에서 사생활이 사생활이 아님을 깨달을 수 있으며, 심지어 그들의 공동체 속에 내가 속해 있는 느낌을 만끽할 수 있다.

내가 한동안 묵었던 까사의 주인은 밤늦게 내가 들어올 때까지 자지 않고 기다리고 있었다. 조심스레 방으로 들어가다 높은 침대 위에 누워 실눈을 뜨고 있는 그녀를 발견했을 때의 놀라움이란? 상상에 맡기겠다. 그때 나는 철부지 십 대로 다시 돌아간 기분이었다. 이처럼 쿠바에서의 생활이란 마치 내가 태어나고 자란 작은 씨족 마을처럼 악의 없는 사람들의 시선 속에 갇혀 있는 형국이었다.

거리 곳곳에서 정복 입은 경찰들이 두 명씩 짝을 지어 순찰을 하고 있는 광경을 볼 수 있다. 시원한 바닷바람과 원색의 올드카와 멋진 몸매의 여성들과 정열의 살사 춤과 푸른 하늘과 흰 구름이 잠시 진실에 눈을 돌리게 만들지만, 이곳은 북한과 절친한 형제 나라이며 아메리카 대륙 최초의 사회주의 국가이다.

길거리에서 가끔씩 영어를 아느냐, 담뱃불이 있느냐며 말을 걸어오는 남자들을 만나게 된다. 그들은 수시로 외국인들에게 말을 걸기를 좋아한다. 마치 몇 마디 영어로 모든 의사소통이 원활해진다는 듯이……. 바로 그때 정복 경찰들이 나타나는 순간이다. 내가 잠깐 어리둥절하고 있을 때 경찰은 방금 내게 말을 걸었던 흑인 남자에게 신분증을 요구했다.

불심 검문이었다. 1980년대에 젊은 시절을 보낸 한국인이라면 누구에게나 익숙한 풍경이었다. 나는 무심히 그들을 스치듯이 지나쳐 왔다. 신분증을 요구하는 경찰도, 신분증을 건네주며 불심 검문에 응하는 흑인 남자도, 바라보는 나도, 너무나 자연스러웠다. 이처럼 일상생활 속에서 체제의 억압은 아무렇지 않게 나타났다. 북한과는 다른 쿠바의 허용된 자유 속에 안주하다보면 체제의 억압을 자각할 수조차 없다. 무의식 속에 깊이 자리 잡고 있는 불심 검문의 그림자를 미처 내가 인식하지 못했던 것처럼.

벌거벗은 셰익스피어

십이야 Noche de Reyes

2012년 4월 1일 일요일, 새벽에 에어컨 박스를 두드리며 소낙비가 내렸다. 침대 머리맡을 추적추적 적시며 잠을 깨우던 비는 아침이 되자 그치고 언제 그랬냐는 듯 화창한 햇살이 내리쬐었다. 오늘 드디어 쿠바의 서머 타임이 해제되었다.

오랫동안 벼르고 벼르던 셰익스피어 원작의 『십이야』를 각색한 연극을 보러갔다. 2011년부터 롱런하고 있다는 아바나 시민들 사이에서 상당히 인기가 있는 작품이다. 오늘은 기필코 이 연극을 보고 말리라 다짐하면서 극장으로 가는데 살짝 불안해졌다. 그동안 극장 앞까지 헛걸음을 한 적이 몇 번이었던가. 그때마다 창구 직원은 연극이 내일로 미뤄졌다거나, 주말에 한다든가, 아니면 이번 달에는 없다고 했다. 이미 요일과 시간을 확인하고 찾아가도 마찬가지였다.

NOCHE DE REYES
DE WILLIAM SHAKESPEARE
UNA PUESTA EN ESCENA DE
CARLOS DIAZ

예의상이라도 미안한 표정조차 없는 매표소 직원들을 볼 때마다 나는 멘붕에 빠질 수밖에 없었다. 내가 잘못한 것도 아닌데 아무렇지 않아 하는 사람들 때문에 오히려 내가 잘못된 건가 스스로 자문해보기도 했다. 쿠바에 오래 체류하면 할수록 이런 이상한 일들은 수시로 일어났다. 쿠바에서는 사소한 모든 것들을 계속 확인해봐야 한다. 영화 시간에 맞춰 찾아갔다가 보지 못한 적이 있고, 가랑비가 약간 흩날리자 야외 공연을 아무 말도 없이 취소하는 야간 음악회도 있었다.(심지어 입장료도 돌려주지 않았다!)

열대 지방의 사람들이라 상당히 느리고 체계적이지 못한 것은 그렇다 쳐도 미안해야 할 일에 미안해 하지 않는 것은 놀라운 일이었다. 당당하다고 해야 할까. 무신경하다고 해야 할까. '마냐나, 마냐나.'(내일, 내일.) 그들이 늘상 하는 말이었다. 오늘 아니면 내일 하면 되지 무슨 걱정이냐는 뜻이었다.

하긴 50년대 올드카를 수리하는데 우리나라 정비소에서 두어 시간이면 가능한 일을 '오늘 못하면 내일 하면 되지'라며 며칠이나 고친단다. 좀 하다 힘들면 럼주 한잔 마시고 쉬다 또 일하다 어두워지면 자고 내일 또 하면 된단다. 이들의 낙천성을 배워야 할지 비난해야 할지……. 이곳에서 살다 돌아가면 바쁜 서울 생활에 제대로 적응할 수 있을까 걱정이 되기도 했다.

대체 오늘 연극을 볼 수가 있을라나? 생각하며 극장에 도착하니 다행히 극장 앞에 사람들이 많이 모여 있었다. 드디어 오늘은 예정대로 연극을 하나 보다. 매표소에 카르네(증명서)를 보여주고 10페소(550원 정도)를 낸 뒤 극장 안에 들어서니 벌써 수많은 사람들이 자리에 앉아 있었다.

이 연극은 주인공인 바이올라가 폭풍을 만나 쌍둥이 오빠 세바스찬과 헤어지고 남장을 한 채 오시노 공작의 하인으로 들어가면서 일어나는 사랑 이야기다. 원작의 약한 동성애적 코드를 확대해석한 작품이었다. 얽히고설킨 관계의 등장인물들은 각기 특색 있는 복장으로 등장했는데, 특히 광대와 몇몇 남자 조연들이 벌거벗은 나체로 등장을 했다. 이미 소문으로 들었었지만 무대 위 남자의 나체를 직접 눈으로 보는 것은 엄청난 문화적 충격이었다.

영화 〈베르데 베르데〉가 떠올랐다. 연극과 영화가 지금 현재 가장 뜨거운 소재를 다루는 장르라고 전제한다면 현재 쿠바에서는 동성애가 화두라는 생각이 들었다. 아바나의 어느 거리에 주말 저녁이면 게이들이 모인다는 소문이 떠돌기도 했다. 인간의 가장 기본적인 욕구는 사랑하며 사랑받고 싶다는 욕구가 아닐까. 감히 개인의 자유를 논하기 힘든 사회주의 쿠바에서 동성애는 자유를 욕망하는 또 다른 모습이었다.

벌거벗은 남자들이 등장하는 흥미 위주의 연극이라고 생각했지만 원작의 탄탄함이 그런 우려를 불식시켜주었다. 나체의 남자들이 등장하는 장면 또한 연극의 스토리에 자연스럽게 스며들어 생각 외로 해학과 유머가 넘쳐나는 장면이었다. 표현의 또 다른 방식이라고 생각하니 시간이 지날수록 별다른 거부감은 느껴지질 않았다. 하긴 여긴 쿠바니까. 이곳에서는 이루어지지 않는 일도 없으며, 그렇다고 꼭 이루어지는 일도 없다는 곳이 아니던가.

연인에게 버림받은 마리아의 노래와 영화 〈부에나 비스타 소셜 클럽〉의 감미로운 노래, 쿠바 살사 춤 등, 연극은 셰익스피어의 원작에 쿠바만의 유쾌한 각색이 어우러진 매력적인 작품이었다. 연극을 보고 나니 그동안 미루어두었던 숙제를 한 듯 속이 후련했다. 집으로 돌아오는 길, 근처 성당에서 아름다운 찬송가 소리가 들려왔다. 부활절이 가까워오고 있었다.

부에나 비스타 소셜 클럽

영화 〈부에나 비스타 소셜 클럽〉에 나오는 사람들은 대부분 세상을 떠났다. 오마라 포르투온도Omara Portuondo만 가끔 국영 TV에서 인터뷰를 하는 것을 볼 수 있었다. 미라마르Miramar에 사는 현지인 친구는 몇 년 전까지 집 근처에 이브라임 페레르Ibrahim Ferrer가 살았었다고 말했다. 지금 이브라힘 페레르는 12번가에 있는 콜론 묘지에 고이 잠들어 있다.

부에나 비스타 소셜 클럽은 바로 센트로 아바나시의 한 귀퉁이에 있는 라이브 바 이름이다. 부에나 비스타 소셜 클럽의 뜻은 '환영받는 사교 클럽'이라는 의미로 부에나 비스타 소셜 클럽이라는 말 자체가 고유 명사이다.

아바나에서 〈부에나 비스타 소셜 클럽〉 영화를 다시 보았을 때 나는 이상한 느낌에 사로잡혔다. 영화 속에서 보았던 공간이 생

ARES. 2002

활의 공간이 되었으니 익숙한 것은 당연한 일이지만 그것 이외에는 모든 것이 너무 낯설어보였다. 처음 영화를 보았을 때 핏속을 날뛰던 흥분은 어디로 사라졌는지, 가슴을 짓누르는 알싸한 통증에 사로잡혔다. 해풍에 스러지고 낡아가는 말레꼰에서의 산책도 생각만큼 즐겁지 않았다.

그때 깨달았다. 나는 〈부에나 비스타 소셜 클럽〉이라는 환상에 사로잡혔던 것이었다. 영화 속의 낯선 모든 것들이 내 눈을 가렸고 나는 내가 보고 싶은 것만 보았다. 하지만 아바나가 가상 공간이 아닌 현실의 공간으로 들어오니 그제야 내가 놓쳤던 사람들이 살아가는 모습들이 눈에 들어왔다.

미국은 한때 관타나모 군사기지를 설치하고 자국의 경제적 이익을 지킨다는 핑계로 쿠바 정치를 좌지우지했다. 영화 〈소이 쿠바〉를 보면 약혼자가 있음에도 불구하고 생존을 위해 외국인에게 몸을 팔 수 밖에 없는 여주인공을 통해 당시 쿠바의 현실을 생생하게 증언하고 있다. 바로 그 시절 아바나는 도박과 여가를 즐기는 미국인 관광객들의 천국이었다.

빔 벤더스 감독은 〈부에나 비스타 소셜 클럽〉을 영화화해서 쿠바 음악 붐을 일으켰다. 미국의 영화 음악 작곡가 겸 연주자인 라이 쿠더 Ryland Peter Cooder 는 쿠바 혁명 이후 세계 음악계에서 사장되 다시피 했던 쿠바 음악과 음악가들을 다시 재조명했다. 하지만 〈부에나 비스타 소셜 클럽〉이 자본주의 오락 사업의 산물이라는 사실을 부정할 수는 없다. 1990년대 미국에서 쿠바 음악이 붐을 일으킨 이면에는 좋았던 시절에 대한 아련한 향수도 작용했으리라.

한국에서는 낭만적으로만 보았던, 비현실적으로 느껴지던 쿠바를 직접 와서 경험하고 다시 영화를 보니 현실적인 느낌이 드는 건 어쩔 수 없었다. 영화 속의 풍경이 익숙하고, 사람들의 표정이 친근하고, 쿠바 사람들의 생활의 고단함이 가슴속으로 밀려왔다. 그때서야 자본주의의 어두운 이면을 외면하고 오직 멋진 풍경과 달콤한 음악으로 치장한 쿠바의 모습만을 스스로 취사선택해서 보았다는 것을 깨달았다.

앤티크 숍 그리고 화가 윌프레도 람

쿠바 미술 전시관Colección de Arte Cubano에서 시간을 보내는 경험은 언제나 흥미로웠다. 하지만 어느 날은 공사 중이거나 또는 휴관일이라 문이 닫혀 있는 경우가 종종 있었다. 오늘도 허탕이구나 하며 멍하니 닫힌 현관문을 바라보고 있노라면 문 앞에서 비씨택시(자전거 인력거)를 세워두고 쉬고 있던 남자들이 오늘은 쉬는 날이라고 친절하게 전해주기도 했다. 쿠바 미술 전시관의 건너편에는 꺼지지 않는 불꽃이 타오르고 있는 혁명 박물관이 있다. 쿠바 혁명의 모든 곳을 볼 수 있는 곳이며, 총알 흔적이 선명한 지프차와 경비행기와 탱크와 보초를 서고 있는 군인을 볼 수 있는 곳이기도 하다.

티켓 가격은 5세우세(5달러), 하지만 현지인들에게는 24배 낮은 5페소(270원 정도)를 받는다. 쿠바인은 비용에 상관하지 않고 미술관이나 박물관을 마음껏 다닐 수 있다. 사회주의의 장점 중의 하나이다. 구소련의 경우에도 낮에는 노점상을 하고 저녁에는 발레를 보러 다니는 할머니들이 있었던 것처럼. 이곳에서도 국민들은 모든 문화생활을 저렴한 돈으로 즐길 수 있다. 다행히 나는 1년짜리 장기 비자인 카르네(쿠바인과 동일금액 적용)를 가지고 있다. 직원은 "음, 코레아" 하면서 내가 주섬주섬 꺼낸 지폐 중에 10페소를 가져가더니 25센타보로 거슬러준다. 그것이 5페소와 같다는 이야기를 하면서. 쿠바의 이중화폐는 사용할 때마다 머리가 아파온다.

현관을 지나 안으로 들어가면 넓은 정원에 도착한다. 야외 박물관인 정원에는 커피 생산국답게 이곳에서 '까페떼라'라고 부르는 모카포트를 여럿 연결한 작품이 눈에 띈다. 전시장으로 들어서자 옷을 한껏 차려입고 성장한 귀족들이 황금액자 속에서 나를 바라보고 있었다. 열대의 빨마나무Palma(야자나무) 그늘 아래 소녀들은 흰 레이스치마를 입고 어떤 여인들은 페티코트까지 차려입었다. 대부분 쿠바의 지도층, 상류층인 백인들이 초상화의 주인공이다. 초상화를 남길 정도면 얼마만 한 부를 쌓았을지 짐작할 만했다. 어떤 풍경화보다 더 흥미로운 초상화들이었다. 화가의 개성보다 모델의 요구가 먼저였을 초상화들이 넓은 전시장을 가득 채우고 있었다.

이 땅을 살다 간 그들은 이름과 초상화를 남겼다. 그러나 수많은 민초들은 이름도 없이 사라져갔을 것이다.(쿠바로 떠나온 수많은

de nube
Estación del Ferrocarril
Camajuani

스페인인들은 귀족이 아니었다. 명예와 부를 쟁취하기 위해 신대륙으로 모험을 떠났고, 원주민을 핍박해서 갈취한 황금으로 귀족의 작위를 얻었다. 그들이 보낸 황금으로 스페인은 부자 나라가 되었다고 한다.) 스페인 귀족들의 그림이 한껏 정장을 하고 나를 바라본다. 화려하고 풍요롭던 쿠바의 전성기. 아니 귀족들만의 전성기.

오늘 방문 목적은 지난 번 마감 시간에 쫓겨 보지 못했던 쿠바의 대표적인 초현실주의 화가인 윌프레도 람Wilfredo Lam의 작품을 보기 위해서다. 윌프레도 람은 아버지는 중국인이며, 어머니는 아프리카, 인디오, 유럽인의 피가 섞인 혼혈이다. 덕분에 그의 작품에는 여러 문화들이 혼재되어 있다. 초현실주의, 입체주의, 어머니의 피를 이어받은 아프리카 토착 문화, 그리고 흑인들의 종교인 산테리아 등의 요소들이 섞여 새로운 예술 영역을 구축한 것으로 평가받고 있다.

윌프레도 람의 그림 중에서도 검은 옷으로 성장한 여인의 초상화Retrato De Eulalia Soliño, 1927가 인상적이었다. 초기의 구상 작품인데 같은 화가에 의해 그려졌다고 생각하기 힘들 정도로 화풍이 달랐다. 재능 있는 화가의 실력은 구상이든, 비구상이든 드러나기 마련이다. 윌프레도 람의 그림을 보면서 이 사람은 참 힘들었겠구나 하는 생각이 들었다. 마음속에 지옥을 상상할 수 있는 사람이면 현실은 힘들었겠지. 아니다, 마음속의 지옥을 그림으로 풀어냈으니 정작 자신은 편안해질 수 있었을지도 모르겠다. 내가 시를 쓰면서 마음의 상처를 치유하듯이, 온갖 위악 속에 나를 내버려 둬도 오히려 홀가분해질 때가 있다. 어떤 그림을 그리든 그 뾰족한 삼각형, 돌출된 직선의 욕망만은 어쩔 수가 없었나 보다. 장난감 같은 귀여운 악마는 모든 그림에 등장한다. 뉴욕의 현대 미술관에도 그의 그림이 있다는데 어떤 작품일지 궁금해졌다.

쿠바 미술 전시관을 다녀온 며칠 후였다. 삶 자체가 혼혈이었던 윌프레도 람의 독특한 작품 세계를 엉뚱한 장소에서 다시 만나게 되었다. 아바나의 오래된 고가구를 판매하는 앤티크 가게였다. 대로의 상점이 아닌 주택가에 있는 개인 저택이었다. 먼저 전화를 해서 주인에게 방문을 허락 받았다. 우리가 찾아간 곳은 아바나에 몇 개밖에 없는 앤티크 가게 중의 하나였다. 정원을 지나 현관문을 열자 혈색 좋은 중년의 사내가 반갑게 인사했다. 길고 넓은 거실에는 화려했던 옛 시대의 가구들과 사진들, 그리고 그림들, 그릇들, 색색의 크리스털 유리잔이 장식장에 가득했다.

쿠바 상류층의 생활 모습을 드러내는 우아한 가구들과 집기 등이 눈에 띄었다. 그때 천정 높은 벽에 걸려 있는 윌프레도 람의 그림을 보고 깜짝 놀랐다. 현대적이면서도 쿠바 고유의 색채가 드러나는 작품이었다. 주인에게 위작인지 물어보니 진짜 원본이란다. 파는 그림이냐 또 물어보니 주인은 윌프레도 람의 그림은 팔지 않고 자기가 소장하고 있다고 한다. 쿠바에서 국보급 그림을 소장하는 사람이라니……. 그가 소장하고 있는 그림 중에는 상당한 수준의 다른 그림도 많았다. 거실 의자에 무심하게 놓여 있는 호세 마르티의 초상화 또한 뛰어난 수작이었다.

넓은 거실에 펼쳐져 있는 오래된 고가구들은 현재의 날림 가구들보다 더욱 섬세하고 아름다웠다. 살아온 세월과 사용한 사람들의 추억이 깃든 식탁, 갖가지 장식품들, 유리잔들, 그리고 오래된 그림과 조각들. 지금 보아도 전혀 시대를 느낄 수 없는 현대적 디자인의 단순한 2인용 나무 의자가 유독 눈에 들어왔다. 이곳 앤티크 가게의 물건들은 모두 쿠바 혁명 전의 물건들이다. 현재 거리의 상점에서는 물건이 없어서 못 팔고, 설사 있다고 하더라도 살 돈이 없어서 못 사는 귀한 것들이다. 이 물건들을 사용하던 사람들은 모두 어디로 갔을까? 이곳은 모든 삶이 혁명 전과 혁명 이후로 극명하게 나누어진다.

part 3.

미 아모르 쿠바

둘째 쿠바

"웬 사람들이 이렇게 많이 모여 있지?"

집 현관 앞에 사람들이 줄지어 서 있었다. 가까이 다가가 보니 개인이 운영하는 작은 빵집이다. 조그만 쪽창 난간의 접시에 몇 개의 빵이 놓여 있다. 얼룩이 묻은 앞치마를 입은 중년사내가 지금 빵이 나오는 시간이라고 했다.

분홍 크림 색깔의 빵을 보자마자 갑자기 허기가 느껴졌다. 빵 3개를 사서 염치불구하고 한 입 베어 먹었다. 단맛이 혀를 감싸며 목구멍으로 넘어가자 마음이 편안해졌다. 나는 쿠바에 와서 단맛의 진정한 힘을 알게 되었다. 한국의 군인들이 힘든 병영 생활의 위로를 오직 단맛에 의지하듯이. 나는 쿠바에 머무는 내내 단맛에 길들여져 마침내 중독되고 말았다. 평소 단것을 즐기지 않는 나로서는 놀랄 만한 일이었다.

내가 군대에 입대한 것도 아닌데 왜 이런 증상이 생긴 걸까? 어느 책에서 생존과 스트레스에 필요한 에너지가 당분이라는 글을 읽은 기억이 났다. 입에 맞지 않는 음식을 먹으니 위장이 소화를 시키지를 못하고 당연히 힘이 나지 않았다. 모자란 에너지를 보충하기 위해 당분에 탐닉하는 것은 자연스러운 일이었다.

기후와 문화, 생활, 의식 등이 한국과는 전혀 다른 쿠바에서 생활하려면 내게 단맛이 절대적으로 필요했다. 마음의 안정을 위한 것이든 몸의 쾌락을 위한 것이든 거리 곳곳에 널린 단맛의 유혹은 참기 힘든 것이었다.

나는 매일 아침 커피와 설탕이 오묘하게 뒤섞인 쿠바 에스프레소 한 잔으로 하루를 시작했다. 작은 잔에 담긴 에스프레소 커피에 설탕 두어 스푼 듬뿍 넣어 마시고 그것도 모자라 길거리 카페를 보기만 하면 달려가 달콤한 커피를 원샷으로 들이키곤 했다. 날이 갈수록 매운 맛을 느끼는 미감은 후퇴하고 단맛을 느끼는 미감만 살아났다.

스페인어로 둘쎄Dulce라고 하는 단맛은 쿠바인들에게 가장 중요한 맛이다. 그들 또한 나처럼 단것을 아주 좋아하고 신봉하는 것 같았다. 아바나 비에하에는 초콜릿 박물관이라는 곳이 있는데 박물관이라기보다는 초콜릿 가게에 가까운 곳이다. 이곳에서 온

MOACIR

갖 종류의 초콜릿을 판매하고 있다.

초콜릿 20개가 우리나라 돈으로 약 1만 원 정도이며 줄 서서 먹어야 할 정도로 사람들에게 인기가 많았다. 그중 사람들이 가장 많이 찾는 것은 따뜻한 초콜릿 음료였다. 이 더위에 따뜻한 초콜릿이라니 생각만 해도 속이 니글거렸다. 하지만 곧 그 이유를 알 수 있었다. 친구와 20분을 기다렸다 먹은 따뜻한 초콜릿 한 잔은 천상의 맛이었다.

아바나 시내를 종일 쏘다니며 쌓인 피로가 잊힐 정도로 감미로웠다. 나는 이때의 경험을 잊지 못하고 쿠바의 동쪽 바라코아Baracoa로 여행을 갔을 때 바라코아에서 유명하다는 초콜릿 음료를 굳이 찾아가 맛보았다. 그곳에는 초콜릿 원료인 카카오 농장이 있고 체 게바라가 세웠다는 초콜릿 공장이 풀가동되고 있었다. 더운 여름 땡볕 아래서 먹었던 바라코아의 초콜릿 맛은 초콜릿 원산지답게 나를 실망시키지 않았다.

바라코아를 떠나는 관광객들의 손에는 대부분 초콜릿 가방이 들려 있다. 나도 마법의 초콜릿을 잔뜩 사들고 아바나로 돌아왔다. 초콜릿은 가족처럼, 연인처럼 몸과 마음이 힘든 여행자의 피로를 씻어주고 달래주는 존재였다.

쿠바인들이 얼마나 단맛을 사랑하는지는 그들의 언어생활에도 드러난다. 둘쎄라는 의미는 아구아 둘쎄 (민물), 둘쎄 옴브레(다정한 남자) 등 좋은 의미로 사용하고 있다. 글쎄, 민물이 둘쎄 아구아인 건 마실 물이 귀한 섬나라에서는 아주 당연한 것이지만 둘쎄 옴브레는 잘 모르겠다.

하지만 연인에게 다정하고 친절한 것이 쿠바 남자의 매력 중 하나임은 틀림없어 보였다. 한 번 쿠바 남자를 사랑한 여자는 또 다시 쿠바로 돌아온다는 말이 있을 정도로 쿠바는 달콤한 사랑의 둘쎄로 넘쳐나는 나라다.

쿠바에 애인을 홀로 보내지 마라

쿠바 땅에 도착하면 먼저 그동안 옷처럼 덧입고 있던 도덕적 판단을 중지해야 한다. 자유로운 쿠바의 공기를 호흡하자마자 한국의 모든 겉치레와 체면은 이상하리만큼 거추장스러워지기 때문이다. 푸른 하늘과 달콤한 공기와 화창한 햇살, 거리마다 살사가 흐르는 유혹이 일상적인 나라. 이곳에서 한번 고삐 풀린 몸과 마음의 자유는 어떤 경우에도 방종이 아니며 아주 당연한 것이었다.

하지만 강제로 가면을 무장 해제당하는 경험은 절대로 유쾌하지만은 않았다. 원초적이며 근원적인 감정을 이끌어내는 사회 분위기에 휩쓸려 자신도 모르는 과도한 에너지가 발산될 때마다 낯설고 힘들기만 했다. 원초적인 인간의 밑바닥을 엿보았다고나 할까. 자기 안의 나를 낯선 타인처럼 바라보는 기분이었다. 달콤한 공기 속에서 정신을 놓고 떠다니다가 정신을 차리고 돌아보면 주위 사람들도 약간씩 들떠 있다는 것을 느낄 수 있었다.

나는 토끼를 쫓아 이상한 나라, 쿠바에 도착한 앨리스였다. 앨리스의 모든 문제는 토끼를 만난 순간부터 시작되었다는 어느 철학자의 말처럼, 나는 쿠바라는 토끼의 흰 꼬리에 잘못 홀린 앨리스였다. 내가 알고 있다고 짐작한 토끼는 아니었다. 나는 토끼를 잘못 본 것이었다. 서로 다른 문화 사이에서 혼란을 느끼는 것은 당연하지만, 영혼이 몸에서 이탈하는 문화적 충격은 내 수용 범위를 넘어서는 것이었다. 강한 햇살 아래 활보하는 초콜릿 빛깔의 남녀의 매력은 멋진 풍광과 살사 음악 이외에도 관광객들을 쿠바로 끌어모으는 또 다른 이유였던 것이다.

생존 방식으로써의 연애라고나 할까? 대부분 제3세계에서 볼 수 있는 연애의 한 형태는 스페인어 사전에도 찾아볼 수 없는 단어인 히네테라Jinetera, 히네테로Jinetero라는 이름으로 나타난다. 쿠바의 동쪽 바라코아에서 만난 드럼 치는 흑인은 연주 중 만난 서양 여인과 늦은 밤 바라코아 말레꼰을 거닐다 나와 마주쳤다. 이튿날 비아술 터미널에서 만난 그는 또 다른 뚱뚱한 백인 여자와 함께였다.

아바나에서 처음이자 마지막으로 '돈 깡그레오' 나이트클럽에 갔을 때였다. 초미니스커트를 입은 여자들이 남자들에게 다가가 작업을 거는 것을 바로 눈앞에서 목격했다. 부인이 멀쩡히 옆에 있는데도 아랑곳없었다. 평일에는 레스토랑, 주말이면 나이트

클럽으로 변하는 이곳의 입장료는 현지인들에게 비싼 금액이라 함부로 드나들기 힘든 곳이었다. 그녀들과 클럽 직원간의 거래가 있음이 분명해보였다. 늦은 밤이면 차들이 지나다니는 거리에 예쁘게 차려입고 하염없이 서 있는 거리의 여자들을 볼 수 있었다.

불편한 진실은 이것만이 아니었다. 랭귀지스쿨 친구의 말에 의하면 거리를 걸을 때마다, 언제, 어디서나, 어떤 경우에라도, 쿠바나(쿠바 여자)의 대시를 받는다고 했다. 스페인어 수업 시간에 체코인 남자는 휴대폰 요금을 대신 내달라는 쿠바 여자 친구의 문자를 읽어주었다. 그의 예쁘고 착한 치카chica (소녀)는 그의 돈을 여러 곳에 사용하기를 원했다고 했다. 이 모든 사실을 알면서도 벗어나지 못하는 것은 그가 이미 쿠바나의 치명적인 매력에 사로잡혀 버렸기 때문이었다. 인터넷에 떠도는 모든 연애 사건사고를 알고 있음에도 불구하고 잠깐만 방심하다보면 그들의 마력에 빠져버리는 일이 허다했다.

마초 성향이 강한 쿠바 남자들은 모든 여자들이 자기를 좋아한다는 착각에 빠진 경우가 많다. 말레꼰 앞 맥주 바에서 만난 남자는 베소beso (입맞춤)를 해달라며 몇 번이나 우리 일행을 괴롭히다가 종업원의 주의를 받고서야 겨우 멈췄다. 거리를 걷다보면 '린다! 린다!'Linda (이쁘다!) 외치는 소리를 들을 수 있다. 얼굴을 눈앞까지 들이밀고 린다를 남발하는 쿠바노 때문에 당황한 적이 한두 번이 아니었다. 처음엔 체면을 중시하는 한국 남자에게 들은 적도 없는 찬사에 황송하기도 했지만 시간이 지날수록 '린다'를 연발하는 쿠바노들의 입에 발린 말이 지겹기만 했다. 말을 걸며 접근하는 길거리 남자들의 대부분은 물라토(스페인계와 흑인의 남자 혼혈)이거나 흑인이었다.(간혹 백인이 있기도 했지만 어떤 친구가 말하기를 백인은 절대로 먼저 치근대지 않는다고 했다.)

그리고 쿠바에서 만난 모든 사람들이 지금 현재 연애 중이었다. 연애의 방식은 오로지 마음만 따른다고 했다. 아주 나이가 많은 노인을 제외하고는 모두들 애인이 있었다. 그리고 의아한 듯 혼자인 내게 물어왔다. "너는 왜 연애하지 않니?" 까사 주인도, 길거리에서 어쩌다 마주친 남자도 궁금한 것이 오직 그것뿐이라는 듯. 심지어 오늘 처음 본 남자조차 나의 애인이 되고 싶다고 말을 하는 것이었다. 비슷한 스페인어 발음으로 "비는 내리고 쓸쓸한데 너는 대체 누구의 애인이 되려고 그러니?"라며 놀리는 할머니도 있었다.

이곳은 문화가 다르고, 생활이 다르고, 의식이 다르고, 공기조차도 색다른 곳이다. 한국처럼 제재가 많은 곳에서 본성을 억누르고 에너지를 마음껏 분출하지 못했던 에너자이저에게 어울리는 곳이다. 하지만 정반대의 사람들은 자기의 공고한 의식이 붕괴되고 영혼이 분열하는 경험을 하게 된다. 어느 순간 선을 넘으며 폭주하는 사람들을 보면서 과연 어떤 삶이 제대로 된 삶인가를 생각해보기도 했다. 예의를 벗어버리고 당당히 민낯을 드러낸 사람들, 그들을 볼 때마다 불편하고 괴로운 것은 그 속에서 가면을 쓴 남루한 내 모습을 발견했기 때문이었다.

모든 욕망의 맨얼굴을 마주칠 수 있는 곳이 바로 쿠바다. 진실이 화창한 햇살 아래 일시에 드러날 때, 배려의 가면을 벗어버리고 오직 자신의 욕망에 열중할 때, 꼭꼭 숨겨두었던 비루한 자신의 진면목이 드러난다. 원초적이고 원색적이며 땅에 가까운 사람들이 사는 곳 쿠바! 쿠바에 가면 티끌 하나 없이 말끔한 쿠바라는 거울을 통해 자신을 되돌아볼 수 있다.

나는 결코, 쿠바에 애인을 홀로 보내지 않을 것이다. 어느 누구도 쿠바라는 치명적 유혹으로부터 자유롭지 못하다는 것을 잘 알기 때문이다. 쿠바인과 사랑에 빠져 결혼에 골인한 외국인들 사이에 떠도는 후일담이 있다. '쿠바노를 제대로 다룰 수 있는 것은 쿠바나뿐이고, 쿠바나를 제대로 다룰 수 있는 것은 쿠바노뿐이다'라고. 우리의 상식과는 다른 연애관과 사고 체계, 문화를 가진 사람들을 이해한다는 것은 애당초 불가능하다. 쿠바를 방문하는 사람들은 쿠바의 불가항력적인 마력에 사로잡혀 지상 최고의 파라다이스를 즐기거나, 아니면 일찌감치 강렬한 햇빛을 피하듯 마음에 검은 선글라스를 쓰는 방법밖에 없다.

거리의 비너스들

아바나 리브레 호텔 근처에는 극장과 재즈 바와 호텔 내 쇼핑타운이 있는데, 이곳은 이른바 아바나의 다운타운이라고 할 수 있다. 아바나 시는 아바나 비에하, 센트로 아바나, 베다도 그리고 미라마르로 나뉘는데, 아바나 비에하는 오래된 도시의 풍경을 간직하고 있다. 아바나 시는 점점 서쪽으로 도시의 영역이 넓어지면서 이후에 개발된 베다도와 미라마르는 현대적인 도시 풍경을 보여준다.

베다도Vedado는 옛날 옛적 푸른 숲이 무성했던 곳이라고 한다. 다운타운으로 옛적 나무들처럼 상큼하고 파릇한 젊은이들이 모여든다. 아바나 비에하보다 건물의 상태가 좋고 교통이 편리하니 관광객들이 깨끗한 숙소와 편리함을 찾아 모여드는 곳이다. 아바나 리브레 호텔 앞은 항상 관광객들과 젊은이들로 붐빈다. 인터넷을 하러 호텔 2층 비즈니스 센터에 가는 일이 일주일 한 두어

번, 가까이에 까사가 있으니 나로서는 거의 일주일 내내 호흡하는 공간이다.

처음 아바나 거리를 걸을 때였다. 열대의 기후답게 과감한 색상과 노출이 돋보이는 여자들의 옷차림보다 특히 눈에 띄었던 것은 그녀들의 뛰어난 몸매였다. 미술책 속 비너스들이 거리를 활보한다고나 할까. 백인, 물라따(스페인계와 흑인의 여자 혼혈) 그리고 흑인들 할 것 없이 몸매의 비율은 단연코 비너스를 닮았다. 거리의 여자들이 너무 아름다워 눈을 돌릴 수가 없었다. 하물며 여자인 내가 이럴진대 남자들이 아바나에 온다면 어떤 반응을 보일지 눈에 훤히 보이는 것 같았다.

쿠바 여자들은 만 15세가 되면 성인식을 성대하게 치른다. 결혼하는 신부처럼 온갖 드레스로 화려하게 꾸민다. 그런 다음 야외 사진과 스튜디오 촬영을 하고 심지어 비디오까지 찍기도 한다. 다만 그 가격이 아주 비싸서 딸의 성인식을 위해 돈을 모으는 아버지까지 있단다. 이곳 역시 빈부의 격차가 있기 때문에 먹고 살기 힘든 가족은 성인식을 생략하기도 하지만 여성들은 일생에 한 번뿐인 성인식을 제대로 치르고 싶어 한다고. 과도한 빚을 내어 성인식을 치르고 빚에 시달리는 가족들도 많다고 하니, 남들에게 보여주기 위한 제스처는 세상 어느 나라든 있는 모양이다. 하지만 일상적으로 빈곤에 시달리는 가난한 가족에게 딸의 성인식은 너무 과한 지출이다.

물론 쿠바의 모든 여자들이 비너스의 몸매인 것은 아니다. 하지만 그 비율은 우리나라에 비하면 상당히 높다고나 할까. "세상에 저런 여자들이 있다니!"라는 말이 절로 나올 정도였다. 동양인의 빈약한 몸매를 가진 나로서는 그녀들을 볼 때마다 마음속으로 부러워할 수밖에 없었다. 하지만 시간이 지날수록 쿠바의 비너스들에 대한 진실에 조금씩 가까워졌는데, 진실을 알면 알수록 안타까운 마음이 드는 것은 어쩔 수 없었다.

만 15세 소녀가 이제 막 성인으로 들어설 때의 아름다움은 오래가지 않는다. 미모는 30세에서 35세까지 절정기가 있고, 나이를 먹을수록 빠른 속도로 하강하는 것이다. 에드문도 데스노에스가 쓴 『저개발의 기억』이라는 소설에서 작가는 '쿠바 여자들은 성숙한 단계에서 부패하는 단계로 넘어가는 연령대가 있으며 엄청난 속도로 썩어가는 열대과일 같다'고 했다. 이처럼 쿠바의 비너스들은 미모와 몸매가 현기증 나는 속도로 하향 곡선을 그리며 무너져가는 때가 있다.

까사 주인 밀레나의 결혼식 사진을 보아도 알 수 있다. 이십 대 초반 밀레나의 미모는 할리우드 영화배우 급이었다. 지금의 밀레나와 같은 여자라고는 도저히 생각할 수 없을 정도로 아름다웠

다. 밀레나는 사십 대 이후로 갑자기 변해버린 몸매 때문에 당황하고 속상했다고 했다. 거울을 보기 좋아하고 자신을 꾸미는데 최선을 다하는 이곳 여자들로서는 도저히 마주하고 싶지 않은 미래의 모습이었다.

그리고 딸이 성형 수술을 했다고 아무렇지 않게 이야기를 하는 것이었다. 자연 미인인 줄 알았는데 지방 흡입과 힙업 수술을 했다고 했다. 다른 인근의 남미 베네수엘라 등에서도 수술을 하러 쿠바로 찾아온단다. 쿠바의 의료기술이 뛰어난 건 알고 있었지만 성형 수술까지 최고인 줄은 정말 몰랐다. 한국에만 성형 미인이 넘쳐 나는 것이 아니었다. 이럴 수가? 나는 놀라서 입이 떡 벌어지는데 밀레나는 아무렇지 않게 딸이 곧 가슴 수술을 할 거란다. 거리에 비너스들이 넘쳐나는 이유를 알게 되는 순간이었다.

아바나의 식수에는 석회가 많이 들어 있다. 석회 수돗물을 정수기에 정수해서 마시지 않고 그냥 그대로 마시는 사람이 많았다. 나는 잘못 마신 물 때문에 며칠 심하게 앓은 이후로는 물을 끓여 마셨다. 냄비에 물을 끓이다 보면 물 위로 석회가 하얗게 떠오르곤 했다. 석회를 숟가락으로 걷어낼 때마다 석회로 하얗게 도포되어버린 숟가락이 공포스러울 정도였다. 석회가 든 물을 오래 마시면 허벅지에 살이 덩어리지고, 조심하지 않으면 살이 트게 된다고 했다. 많은 쿠바 여자들의 허벅지를 보면 울퉁불퉁한 지방 덩어리를 넣은 것 같았다.

친구와 특산품 가게에 들렀다 집으로 돌아가는 길이었다. 갑자기 친구가 놀라, "오예, 미라.(저기 좀 봐.)"

그녀가 가리키는 곳을 보자마자 나는 소리를 지를 수밖에 없었다. "디오스 미오!(어머나!)"

빨간 옷을 입은 물라따가 걸어가고 있었다. 온몸의 살덩어리들이, 저마다의 의지로 움직이는 것 같았다. 셀룰라이트 덩어리들이 그녀의 몸을 열 개, 스무 개로 나누어놓은 것처럼 팔 따로, 다리 따로 움직이는 구체관절인형이 생각나는 순간이었다. 친구와 나는 멍하니 입을 벌린 채 그녀가 걸어가는 모습을 오래 바라보았다.

트럼펫 부는 소년

강렬한 대낮의 햇빛 탓에 거리에는 사람들이 거의 보이질 않는다. 말레꼰과 도로 하나를 사이에 둔 호세 마르티 운동장을 찾아가는 중이었다. 구슬픈 트럼펫 소리가 들려오는 운동장 안으로 들어서니 한 여자가 조깅을 하고 있다. 허물어져가는 관중석과는 달리 운동장 바닥은 깨끗하게 정리되어 있다. 나를 유혹했던 트럼펫 소리는 이제 들려오지 않는다.

스타디움 관중석은 녹슨 철근 아래 콘크리트가 들떠 있고, 그 위에 알록달록한 동물 문양과 과장된 인물상이 그려져 있다. 익살스런 그림들이 관중석과 함께 해풍과 세월에 부서지고 낡아가는 중이었다. 본래 모습은 사라지고 조금씩 세월에 마모되어가고 있지만 한때 관중들의 함성으로 가득했을 것이다. 계단을 오르는데 계단 옆에 붉은 페인트로 '붕괴가 될 우려가 있으니 통행금지'라고 적혀 있다. 언제 부서져 내릴지 모를 천정과 시멘트가 깨져

PROHIBIDO
EL PASO
DERRUMBE

녹슨 철근이 드러난 계단 상태를 보면 당연한 경고지만 그 외에는 출입을 통제하는 다른 어떤 것도 볼 수 없었다. 관중석에 올라서자 아무것도 가리는 것 없이 푸른 바다가 눈앞에 펼쳐졌다. 말레꼰 너머로 출렁이는 파도가 바라보이는 이곳은 아바나 최고의 전망 포인트였다. 퀴퀴한 냄새와 아기자기한 벽화들, 냄새로 기억을 복원한다면 나는 언제든지 이곳을 떠올릴 수 있을 것 같았다.

거대한 부챗살 모양의 관중석 차양 아래 흑인 소년이 트럼펫을 거꾸로 세워놓고 고개를 푹 숙이고 있다. 이곳 사람들은 언제 어디서든지 감정에 진실하므로 절망을 표현하는 방식 역시 극적이다. 너무 깊게 고개를 숙이고 있어서 절망이 점점 땅속으로 깊은 우물을 팔 것 같다. 몇 시간이나 고개를 숙이고 있던, 얼굴은 없고 정수리만 보이던 남자가 떠올랐다. 내가 혁명 광장과 호세 마르티 박물관을 다 둘러보고 나올 때까지도 사내는 그 자리에서 고개를 푹 숙이고 있었다. 무슨 일이 있느냐고 다가가서 물어보고 싶고, 힘내라고 어깨를 두드려주며 위로해주고 싶은 마음이 들 만큼 절망스러워 보였다. '오늘을 즐기라'는 모토를 가지고 사는 사람들인데, 낙천성이 지나쳐서 가끔은 어리둥절한 적도 많은데, 이 사람들도 생활에 지쳐서 가끔씩 고개를 숙인다. 아주 깊이, 다시는 하늘을 바라보지 않을 것처럼.

이제 그만 상념에서 벗어났는지 소년이 다시 트럼펫을 힘차게 불었다. 하지만 구슬픈 가락만은 변하지 않았다. 내 마음과 발길은 좀체 트럼펫 소리 근처를 떠나지 않고 주변을 서성거렸다. 트럼펫 소리는 멀리 말레꼰을 넘어 긴 꼬리를 말아 쥐며 사라지고 있었다. 열악한 환경 속에서도 대양을 부르는 음악을 소년은 꿈꾸고 있다.

말을 탄 칼리스토 가르시아Calixto Garcia의 동상이 말레꼰을 바라보며 작열하는 태양 아래 의연하게 서 있다. 가르시아는 지금이라도 곧 허공을 박차고 말레꼰을 넘어 바다로 달려갈 것 같은 형상으로 내내 그 자리를 지키고 있다. 가르시아의 일생이 부조로 새겨져 있는 한쪽 그늘에 여인 둘이 눕거나 앉아서 서로 이야기를 나누고 있다. 벽에 찰싹 들러붙어 있다고 할 만큼 간격이 없다. 태양을 피하는 그들만의 방식이다. 말레꼰 쪽에서 서양인 관광객이 다가오고 있다. 지금 태양을 정면으로 맞이하는 사람은 그와 나밖에 없다.

네일아트와 무헤르

'저게 뭐지, 네일아트 하는 곳 아냐!'
창문 너머로 네일아트 하는 흑인 여자를 보고 깜짝 놀란 나는 유리창 안을 들여다보았다. 주인인 중년 여인이 웃으면서 손을 흔들며 들어와서 구경하란다. 긴 인조 손톱을 붙이고 있던 흑인 여자는 호기심으로 눈을 빛내는 내게 자랑스럽게 손을 펴보였다. 가게 안으로 들어서자 서너 명의 직원들이 조그만 개인 책상 앞에 앉아서 손님을 받고 있었다.

빈자리로 안내를 받아 뭘 하겠느냐? 하는 물음에 흑인 여자와 같은 것으로 해 달라고 했다. 작은 네일 드릴로 손톱을 정리하고, 니퍼로 손톱을 아무렇게나 삐뚤삐뚤 자른다. 섬세하지 못한 손놀림을 미덥지 않게 바라보고 있는데 좁은 책상 위에 햄버거 비슷한 빵이 아무런 포장도 없이 놓여 있는 것을 발견했다. 화약 약품과 깎은 손톱 조각과 먼지들이 난무하는 책상에 빵이라니? 아무

래도 점심인 것 같았다. 정말 먹으려고 거기에 두었는지 의문이 구름빵처럼 모락모락 일어났다.

물라따인 여직원은 말이 안 통하는 내가 불편한지 묵묵히 손톱을 다듬었다. 물에 손톱을 불려 각질을 제거해야 할 텐데, 대뜸 네일 드릴로 손톱을 갈고, 각질까지 정리하려고 한다. 이런, 피가 조금 배어 나왔다. 아프고 겁이나 손을 움츠렸더니 손을 잡아당기며 말한다. "노 쁘로블레마."(아무 문제없다.)

서랍에서 인조 손톱을 꺼내는데, 자세히 보니 한국제다. 한국산 인조 손톱이 어떻게 이 먼 쿠바까지 왔는지 모르겠지만 '메이드 인 코리아'라는 글귀는 반갑기만 했다. "이거 우리나라 제품이다."라고 내가 말했더니 그녀는 "정말?" 상품의 질이 좋단다. 그제야 작업에 정성을 들인다. 열 손가락에 긴 인조 손톱을 모두 붙이고 나니 이국의 댄서 같았다.

이곳 여자들의 검고 긴 속눈썹이 전부 진짜인 줄 알았더니 아니었다. 네일아트 숍에서 손발을 관리하고, 인조 속눈썹도 붙여준다. 인조 속눈썹을 눈썹에 두어 올씩 붙이니 바비 인형처럼 눈매가 또렷해졌다. 교복 입은 흑인 여학생도, 이십 대 아가씨도 어김없이 인조 속눈썹을 붙였는데 감쪽같았다. "꾸안또 꾸에스타?"(얼마죠?) 물었더니 세이스(6달러)란다. 쿠바인의 한 달 월급

(20~25달러)을 생각하면 상당히 비싼 가격이었다.

또 다른 테이블에서는 여섯 살 정도로 보이는 어린아이가 조막만 한 손을 내밀고 있었다. 이런, 인조 손톱이 본래 손톱을 거의 뒤덮었다. 대체 어린 손톱이 숨을 쉴 수나 있을까? 지독한 화약 본드 냄새에도 아랑곳없이 엄마는 아이가 바를 색색의 매니큐어를 고르고 있었다.

인조 손톱을 덧붙이고 나니 생각 외로 불편한 점이 많았다. 아까 본 흑인 여자는 나보다 두 배는 더 손톱이 길어 보였는데 대체 일상생활은 어떻게 하는 걸까. 뒤늦게 노트북 자판을 어떻게 두드릴까 걱정이 되었다. 집으로 돌아오는 길, 마끼나 택시 문에 손톱이 걸릴까 봐 조심스레 차 문을 열고 탔다. 까사 주인 밀레나는 손톱을 보자마자 "보니따!"(이쁘다!)를 연발했다. 론다 할머니도 마찬가지였다. 역시 아름답게 치장하는 것에 대단한 관심을 발휘하는 분들이다. 새 옷을 갈아입으면 가장 먼저 알아보신다. 이 옷을 어디서 샀는지, 얼마인지 궁금해 하며 질문을 하는데 한국에서 사왔다고 하면, "역시, 그래! 그래서 더 좋아보인다."며 만지작거렸다.

쿠바에 제조업 공장이 거의 없으니 대부분의 물건이 수입품이다. 입고 있는 옷도, 신고 있는 구두도, 반짝이는 장신구도 모두.

쿠바 물가에 비해 상당한 금액의 가격인데, 그래도 잘 차려입고 다니는 사람들을 보면 신기할 따름이다. 어떤 부부는 맞벌이를 하는데 여자가 받는 월급은 모두 자기 몸을 꾸미는 데 쓴다고 한다. 그리고 남자 월급으로 생활비를 쓰는데 서로 아무런 불만이 없다고 한다. 남자는 자기가 벌어서 가족을 부양하는 것이 당연하다고 생각하고, 여자는 늘 예쁘게 꾸밀 수 있으니 불만이 있을 리가 없다.

보는 의자

1920년대에 지었다는 아니타네 옥탑방으로 이사를 갔다. 여느 때처럼 작은 협탁에 엄마 사진이 든 작은 액자와 체 게바라의 엽서를 놓아두었다. 이 먼 타국에서 믿을 것은 오직 그들밖에 없다는 듯이. 나는 쪽진 머리를 한 젊은 엄마와 체 게바라의 미소 지은 사진을 보며 내내 위안을 받고 아바나에서 지낼 용기를 얻었다.

방 어디에도 에어컨이 보이질 않는다. 앞으로 계속 더워질 텐데, 옥탑방에서 에어컨 없이 살아가기란 아바나에서는 사실상 불가능한 일이었다. 또 다시 이사를 가야 하나……. 심란한 마음에 창문을 열자 시원한 바람과 함께 거리의 먼지가 함께 들어온다.

옥탑방의 가장 좋은 점은 나만의 독립성이 보장된다는 점이었다. 아니타가 옥상까지 올라오는 일은 일주일에 세 번 청소하는 날 이외에는 거의 없었다. 덕분에 옥탑방 앞의 넓은 마당은 온통

내 차지였다. 휘영청 달 밝은 밤, 빨랫줄이 길게 늘어뜨려진 마당에 혼자 나와 서성거리다보면 외로움보다 진한 감정에 휩싸이곤 했다. 한국의 가족들이 그리운 밤이었다. 한국의 두 배 반 높이의 천정을 올려다보면서 이 먼 곳에서 나는 대체 무엇을 하고 있는 것일까 자문하는 날들이 늘어갔다.

어느 날 옥탑방 서쪽 창문을 열자 옆집 흑인 가족들의 모습이 보였다. 그중 한 여자는 매일 의자에 앉아 아예 움직이질 않았다. 마치 의자와 한 몸이 된 듯한 모습에 나는 창문을 열 때마다 그녀의 눈길에 흠칫 놀라곤 했다. 사각의 창 액자 속에 담긴 그녀는 가장 일찍 일어나고 가장 늦게 잠자리에 들었다. 어둠에 스며들어 형체를 분간하기 어려운 그림자 같은 그녀. 그녀는 건물 위에서 내려다보고 집 앞 의자에 앉아 지나는 사람들을 보고 또 보았다. 마치 습관이나 취미처럼 생활 방식 중 하나인 것처럼.

검은 그림자 형상을 품고 있는 의자
두 눈만 또록또록 종일 굴러가는 의자
끈적이는 짐승의 혓바닥을 날름거리는 의자
늘 한자리에서 웅크리고 있는 의자
앞다리만 짐승의 발이어서
뭔가를 움켜쥐려 달려가기엔 애당초 날 샌 의자
태양의 수레바퀴를 돌리며

꿈속까지 검은 뿌리를 내린 의자
마침내 네모난 창틀에
갇혀버린 의자

저 창문이 열리면
보는 여자 하나 놓여 있다

— 졸시 「보는 의자」 전문

아바나 치과 체험

3명의 환자

"뗑고 돌로르 데 무엘라스."(이가 아파요.)

아침 일찍 일어나자마자 얼굴을 찡그리고 있는 나를 보고 숙식 도우미인 가브리엘라는 걱정이 가득한 눈초리로 바라보았다.

"떼 돌리오 무초?"(많이 아프냐?)

"떼 꼬미스테 드로가스?"(약은 먹었니?)

친언니처럼 힘내라며 에스프레소 한잔을 건네주는 가브리엘라의 다정한 마음에 나도 모르게 눈물이 나왔다.

며칠 전부터 밤새 치통으로 잠을 이루지 못했다. 오른쪽 위 어금니가 아파 끙끙 앓으며 밤을 지새우는데 너무 서러웠다. 내가 이 먼 쿠바에서 무얼 하고 있는 건지. 몸이 아프니 자기 연민에 빠져 더 많이 아픈 것 같았다. 한국 친구에게서 받은 귀하디귀한 진통제를 먹고서야 겨우 잠이 들었다.

한국 언니가 오늘 아침 8시에 치과 병원 예약을 해놓았다. 집에서 일하는 아줌마와 같이 차를 타고 와서 함께 병원으로 갔다. 학교 다닐 때 걸어 다니던 공원 근처에 있는 허름한 병원이었다. 아침마다 태극권을 하는 사람들을 지나 공원을 횡단해 아바나대학교로 걸어가곤 했었다. 사람들이 많이 드나드는 것을 보았지만 병원인 줄은 몰랐다. 미리 예약을 해두었기 때문에 5분쯤 기다려 치료실로 들어섰다.

현지인 병원에서의 치료가 불법인 것을 알고 있었지만 문단속을 철저히 하는 것을 보니 이상한 기분이 들었다. 흰 가운을 입은 여의사와 간호사는 문 걸쇠까지 채우고는 그때서야 어디가 어떻게 아픈지 물어왔다. 치과는 어느 곳이든 공포스러운 곳인데 작은방에 갇히는 기분 또한 좋지만은 않았다. 진료실을 둘러보니 마치 80년대 한국 치과처럼 누울 수 있는 긴 의자와 간단한 도구들이 보였다. 치과는 언제나 꼭 고향 단골 치과에서 치료를 받았는데 아바나에서 말도 잘 통하지 않는 쿠바 의사에게 내 소중한 이를 맡기게 될 줄이야.

콧수염이 숭숭한 여의사는 먼저 나를 자리에 앉게 하고 입안을 들여다보더니 오른쪽 어금니가 아니라 왼쪽 어금니도 썩었다고 했다. 간단한 시술을 하고는 다음 주 월요일에 다시 오란다. 지금은 임시 처방을 해놓았으니 며칠 조심하며 음식을 먹으라는 말을 쿠바인 아줌마를 통해 전달하고 또다시 한국 언니를 통해 전달받았다.

쿠바에 잠시 체류 중인 내가 치과 진료를 받기 위해서는 환자인 나와, 통역을 할 한국 언니와, 언니 집에서 일하는 쿠바인 미르테스 3명이 함께 움직여야 하는 것이었다. 외국인 전용 병원은 진료비도 비싸고 무엇보다 시간이 너무 많이 걸리는 터라 어쩔 수 없는 선택이었다. 나는 미르테스의 이름으로 불법 진료를 받은 것이었다.

의사가 갑자기 "꾸안또 아뇨스?"(네 나이가 얼마나?) 물어왔다. 한국 언니와 미르테스가 웃으며 맞춰 보라고 했더니 뜨레인따(서른 살) 아니냐고 한다. 치통을 치료하고 나니 웃을 수 있는 마음의 여유가 생겨났다. 내가 "무차스 그라시아스."(정말 고맙습니다.)라고 했더니 모두들 깔깔깔 웃는다.

놀랍게도 그녀는 나와 동갑이었다. 콧수염이 숭숭 난 여자와 동갑이라니 기분이 이상했다. 여자가 수염이라니? 처음 봤을 때 엄청 놀랐다. 쿠바나들 중 일부는 남성호르몬이 넘쳐나는지 거무스름한 콧수염을 가지고 있다. 그녀들이 면도도 하지 않고 길거리를 활보하는 바람에 놀란 적이 한두 번이 아니었다. 사람도 식물도 빨리 성숙하고 빨리 부패하는 곳이 열대지방이라고 했던가.

허물어진 스페인 대저택

멜리아 꼬이바 호텔을 찾아가는 길, 바다에 가까이 다가갈수록 바람이 세차게 불어온다. 태양이 내리쬐는 오후, 늘 지나다니는 길가의 허물어진 스페인 대저택이 오늘 따라 더 세월의 무게를 느끼게 한다. 누군가의 거실이고 누군가의 침실이었을 이곳은 이제 대문을 지탱하던 기둥과 건물의 뼈대만 겨우 남아 있다.

부서져나간 건물 한쪽 벽면에 누군가 나비를 그려놓았다. 언젠가 건물이 나비처럼 날아오를지도 모른다. 서서히 마멸되어 집이 사라지면 그 집에 살던 사람들의 추억도 영혼도 모두 사라질까? 닭들이 잡초를 헤집으며 먹이를 찾고 동네 개는 볼일을 보러 드나든다. 지붕 꼭대기에서 무성하게 자라는 나무를 보며 눈부신 푸른빛에 진저리를 쳤다. 저토록 푸른 목숨을 환한 햇살 아래 자랑하는 모습이라니……. 아이러니하게도 너무 과도한 푸른 젊음은 도리어 죽음을 떠올리게 한다.

버려진 정원을 바라보며 이곳을 소중히 여기며 살았던 사람들을 떠올린다. 어디가 침실이고 어디가 주방이었을까? 아주 큰 부엌은 음식의 향기와 사람들의 수다로 가득 찼을 것이다. 동쪽 카마구에이Camagüey에서 본 스페인식 부엌은 낡았지만 정말 아름다웠다. 주방 한복판에는 요리에 쓰인 화덕과 냄새가 빠져나가는 통로가 보였다. 벽면 전체는 살구꽃 색깔의 깔때기가 차지하고 있었다. 바로 그때 아주 오래된 불의 냄새를 맡은 동시에 아궁이 앞에서 밥을 푸던 엄마의 모습이 떠올랐다. 가마솥의 연기를 헤치며 주걱으로 밥을 담아주던 젊은 엄마. 세상은 변해가지만, 추억은 그대로다. 마냥 쪼그리고 앉아 아궁이의 따뜻한 불을 쬐고 싶었다.

달구어진 대리석 벽들마다 삭아가는 세월의 흔적으로 충만한 이곳, 누군가는 나무 밑 그늘에서 쉬었다 가고 누군가는 그리운 화덕의 온기를 태양의 열기로 보충한다. 나는 어떤 인연으로 지금 이곳에 있는가. 아무도 모르는 관계의 사슬들. 모든 것들은 서로 연결되어 있다.

퇴락한 건물과 퀴퀴한 냄새의 거리를 지나 도착한 말레꼰, 파도가 흰 띠를 두르며 달려오고 있었다.

한국 제품은 인기 상종가

쿠바의 수도 아바나에서는 도로를 달리는 한국 자동차를 제법 많이 발견할 수 있다. 특히 현대자동차와 기아자동차는 원색의 올드카 행렬을 비집고 구멍투성이 쿠바 도로 위를 잘도 달려간다.

아무리 더워도 자동차 창문을 열고 검은 매연을 뿜으며 달리는 올드카에 비하면 현대자동차는 최신 모델이 아닐지라도 새 차처럼 날렵해 보인다. 한국과 미수교국인 쿠바에 한국 차가 들어올 수 있는 이유는 중간 무역 때문이다. 쿠바 정부가 외국 중간상을 통해서 자동차를 수입하면 먼저 렌터카 업체에 배분한단다. 렌터카로 몇 년 사용한 후에 중고차를 개인에게 판매하는데 중고차이지만 인기가 좋다.(2013년 말 쿠바 정부는 일반 국민들에게 수입 자동차를 구입할 수 있도록 허용하였다. 하지만 수입 자유화 이후 자동차 가격이 폭등했다.)

843
사당동
삼성역
A-27
CUBA
HWP930

한국 자동차의 우수성은 이미 잘 알려져 있지만 이 머나먼 쿠바에서 보리라고 생각조차 못했다. 볼 때마다 자랑스러운 기분이 들 때가 한두 번이 아니었다. 중국인이냐 물을 때 한국인이라고 대답하면 '윤다이 윤다이'라고 한다. 말인즉 '현대가 너희 나라 거냐'는 말이었다.

아바나대학교에서 만난 어느 북한 학생은 '쿠바 도로에 현대차와 기아차가 달리고 있어서 기분이 나쁘다'라고 했다. 그래서 내가 그랬다. 기분이 나쁘면 너네도 잘 만들어서 수출하면 되지 않느냐고, 한국이 직수출한 것도 아니고 외국인들이 중간 무역을 통해 수입한 건데 모두 물건의 질이 좋아서 아니겠냐고 했더니 묵묵부답이다.

호텔이나 집의 안방에 엘지 에어컨 로고가 선명하고 삼성 휴대폰은 이곳 한국 교민들보다 쿠바인들이 더 신상품에 열광한다. 모든 정보가 제한되어 있는 곳인데 어떻게들 모두 알고 있는지 모르겠다. 그저 신기할 뿐이다.

쿠바를 떠날 때 나는 몇 년째 쓰고 있던 오래된 노트북을 오직 삼성 정품이라는 이유로 한국보다 좋은 가격을 받고 쿠바 현지인에게 팔 수 있었다. 내 노트북을 아바나에서 멀리 떨어진 동쪽 지방의 쿠바인이 샀다고 하는데 잘 사용하고 있는지 모르겠다.

내 인생에 쿠바에 가서 한동안 체류할 일이 있을 줄 어떻게 알았으랴. 나도 내 미래를 알 수 없었던 것처럼 내 노트북도 한국을 떠나 머나먼 쿠바에서 쿠바인을 주인으로 모시게 될 줄 정말 꿈에도 몰랐을 거다.

쿠바 사람들은 혀가 없다

쿠바 음식은 별다른 특색이 없다. 쿠바를 여행하는 사람들에게 가장 인기가 있는 음식은 단연 랑고쓰따Langosta(바닷가재) 요리와 카마론Camarón(새우) 요리다. 거리를 걷다보면 랑고쓰따! 랑고쓰따! 외치며 호객하는 사람들을 많이 볼 수 있다. 하지만 짧은 여행이 아닌 생활을 하는 외국인들이 질리지 않고 먹을 수 있는 음식은 많지 않다. 매일 바닷가재 요리와 새우 요리를 먹을 수는 없지 않는가.

쿠바 사람들의 식사는 의외로 간단하다. 아침은 까페 콘 레체(커피 우유), 에스프레소, 계절마다 바뀌는 열대과일, 달걀 프라이를 먹고 점심도 별다른 차이가 없다. 저녁은 튀긴 돼지고기, 튀긴 닭고기, 튀긴 바나나와 소금이나 오일로 간을 한 오이, 토마토 샐러드를 주로 먹는다. 요리는 대부분 튀기거나 소금으로 간단히 간을 해서 자극적인 매운 맛에 길들여진 나로서는 음식을 먹을

때마다 힘들 수밖에 없었다.

음식의 맛을 좌우하는 것은 소스라는 것을 이곳에 와서 깨달았다. 된장이나 고추장은 아니더라도 소금과 식용유 외에 다른 소스를 찾을 수 있었다면 나의 식탁은 좀 더 풍요로워졌을 것이다. 하지만 이곳에는 한국 음식점도 한국 음식 재료를 파는 가게도 없다. 한국 교민의 집이 아니면 한국 음식을 먹을 기회조차 없는 곳이다.

한국 교민들은 매일 세끼를 집에서 요리해 먹는다. 외부 식당에서 먹을 수 있는 음식들이 한정되어 있기 때문이다. 그러므로 한국 주부들이 아바나에서 한국 배추를 어떻게든 조달해서 한여름 날씨에 김장을 한다는 사실은 놀랄 만한 일이다. 한정된 재료로 한국 음식을 만들기 위해서는 한국에 있을 때보다 좀 더 많은 노력을 해야 한다. 계절마다 채소 종류도 달라지기 때문에 때를 놓치면 김장 김치도 담을 수 없다. 한국 언니 집에서 먹은 배추김치와 총각김치 맛은 한국에서 먹던 김치와 비교해도 손색이 없을 정도였다. 하지만 매일 얻어먹을 수도 없으니, 쿠바에서 나의 식생활은 언제나 빈곤할 수밖에 없었다.

쿠바인들이 보데가bodega(식료품 저장 창고)에서 배급받는 쌀은 밥을 지어도 폴폴 날리거나 묵은 냄새가 났다. 까사 주인에게서 밥을 지을 때 식용유 몇 방울 떨어뜨려 밥 짓는 방법을 배웠다. 그

뒤로 스페인에서 수입한 쌀을 마트에서 사서 먹었는데 보데가 쌀보다는 찰기가 있어서 먹을 만했다. 한국 교민들은 대부분 스페인 쌀을 주식으로 사용하고 있었다.

가끔 보데가에서 빵(1페소에 빵 1개)을 사서 먹었는데 빵을 파는 곳은 매일 아침 8시쯤에 문을 열었다가 1시간 후 곧 문을 닫았다. 매일 쿠바인 1명당 1개씩 배급받는 빵은 버터 맛이라곤 전혀 느껴지지 않는 거친 식감의 빵이었다. 빵집이 문을 열 시간이 되기 전에 큰 트럭이 빵을 가득 실은 상자를 싣고 왔다. 저녁 시간에 또 잠깐 문을 열면 사람들이 매일 자신이 먹을 빵을 찾아가곤 했다. 내가 있던 까사에는 매일 밀가루 투성이 앞치마를 입은 청년이 현관문을 두드리며 빵을 배달하곤 했다. 일주일에 한 번은 닭고기 봉지와 함께.

까사의 론다 할머니는 옛날부터 전해 내려오는 전통 음식을 한 번씩 만들어주셨다. 아로스 콘 콘그니스Arroz con Congnis는 우리나라의 팥밥 비슷한 요리인데, 식용유가 들어간 기름진 밥이다. 찰기는 거의 없지만 소금으로 간을 한 밥은 한국의 오곡밥이 생각나는 맛이었다. 로빠 비에하Ropa Vieja(쇠고기 요리), 레촌Lechón(통돼지구이)등도 있지만 손이 많이 가고 오랜 시간을 필요로 하는 전통 음식은 특별한 날 이외에는 요리하지 않는다.

쿠바에 사는 외국인들은 가끔 '쿠바 사람들은 혀가 없다'라는 말을 하곤 한다. 짜거나 니글거리는 기름 맛이 대부분이지만 쿠바인들은 별다른 불만이 없다. 음식에 들이는 시간과 정성이 부족한 이유가 쿠바의 특별한 시기(소련이 멸망하고 소련의 원조가 끊긴 시기)에, 즉 생존이 턱밑에 다가왔을 때 음식의 맛보다 생존을 우선시했기 때문이 아닐까 하는 생각이 들었다.

미각을 잃어버린 세대가 전체 인구의 대부분을 차지한 탓으로 음식 맛을 운운하는 것이 시기상조일 수도 있다. 국민의 수입이 늘어날수록 음식에 대한 관심이 증대한다. 가난한 나라일수록 음식의 맛보다 무엇이든 배부르게 먹을 수 있으면 족하므로. 부자들은 일반 국민과는 달리 식품 창고에 온갖 소스와 음식 재료들을 쌓아두고, 부족한 재료들은 러시아 마켓이나 암시장에서 사들여 충당하곤 한다.

그나마 다행인 건 쿠바가 열대과일이 풍족한 나라라는 점이다. 항상 신선한 과일을 싼 가격에 마음껏 먹을 수 있으니 한국에서 못 먹던 과일들을 지천으로 쌓아놓고 먹을 수 있었다. 온도가 미묘하게 바뀌는 쿠바의 기후에 따라 과일들의 품목도 달라지는데 특히 아보카도와 망고는 내가 즐겨먹던 과일들이었다. 토마토, 오이, 구아바, 마메이 그리고 감자, 당근, 유카 등 갖가지 과일과 채소들로 내 식탁은 조금씩 풍성해졌다.

하지만 뭐니 해도 칼칼하고 시원한 한국의 라면 국물과 청양고추의 매운 맛이 가장 그리웠다. 쿠바의 기름진 음식에 질린 나는 한국에 돌아가면 먹고 싶은 음식의 리스트를 밤마다 작성하곤 했다.

그리운 인터넷

며칠째 아바나 리브레 호텔, 비즈니스 센터의 인터넷 충전카드(시간, 가격과 로그인 ID, 비밀번호가 기재된 카드)가 동이 났다. 아바나 리브레 호텔은 베다도 시내에 위치해 있고 인터넷 속도가 빠르고 안정되어 있어 외국인들이 많이 사용하는 호텔이다. 호텔의 서비스가 이러할진대 다른 곳은 오죽하랴. 쿠바의 통신 상황이 얼마나 열악한지를 보여주는 사례다. 인터넷 충전카드가 없으면 한동안 인터넷을 사용할 수 없다. 다른 호텔의 비즈니스 센터를 찾아가거나 아니면 인터넷 충전카드가 들어올 때까지 무작정 기다려야 한다.

그동안 멜리아 꼬이바 호텔, 쁘레시덴테 호텔, 멜리아 아바나 호텔의 비즈니스 센터를 이용해봤지만 아바나 리브레 호텔의 인터넷 연결이 가장 빠르고 편리했다. 인터넷 충전카드는 호텔 비즈니스 센터마다 달라서 서로 호환해서 사용할 수 없다. 사용하

POLO SPORTS

는 카드도 제각각, 가격도 제각각 다르다. 국가가 인터넷을 관리하기 쉽게 하려는 것일까? 우리로서는 상상도 할 수 없다. 그러나 드러내놓고 인터넷을 통제하는 쿠바가 한결 순진한지도 모른다.

"올라, 인터넷카드 주세요." 돈을 내밀며 인사를 하니 여직원은 인터넷 충전카드(1시간 10세우세=10달러)를 건네주며 여권을 달랜다. 요즘은 카드를 하나만 사도 여권을 요구한다. 노트에 일일이 이름과 국적을 수기로 적는다. 역시 이 나라는 사회주의 국가다. 어느 순간 알게 모르게 통제와 압박을 느끼게 된다. 하지만 인터넷을 할 수 있는 게 어디랴. 쿠바의 통신은 철저하게 국가의 통제를 받는다. 합법인지 불법인지 알 수 없지만 개인 집에도 인터넷을 설치한 것을 보았다. 하지만 속도가 정말 느리다. 외국인의 이름으로 허가받을 수 있는지, 내 이름으로 인터넷을 개통하자는 까사 주인의 제의를 받은 적이 있다. 비싼 인터넷 비용을 내고 1시간 사용하느니, 네가 필요할 때 종일이라도 사용할 수 있다는 말에 잠시 솔깃했지만, 도저히 믿음이 가질 않아 거절했다.

7~8대의 컴퓨터가 있는 아바나 리브레 호텔의 비즈니스 센터의 응접실에는 사람들이 저마다의 순서대로 기다리고 있다. 내 앞이 누구인지 꼭 확인을 해야 했으므로 "울띠모?"라고 하자 "요." 하면서 손을 드는 슬리퍼를 신은 남자.

어느 때는 내 앞의 사람을 찾지 못해 두리번거리면 직원이 손짓을 해서 알려주기도 했다. 앞 사람이 컴퓨터 방으로 들어가면 드디어 내 차례다. 24시간 인터넷 세상에서 살고 있는 한국에서 도저히 상상할 수 없는 일이지만 2시간 정도 인터넷을 사용하면 한국의 한 달 인터넷요금을 지불해야 했다. 또 인터넷 속도가 얼마나 느린지 메일 확인만 해도 시간이 후딱 지나가버렸다.

한국의 포털 사이트인 '다음'과 '네이버'는 아예 확인조차 힘들 때가 많았다. 광고 팝업창이 많으면 많을수록 시간이 더 많이 걸리고, 돈은 순식간에 빠져나가므로 어쩔 수 없이 광고 없는 지메일을 이용할 수밖에 없었다. 국제 전화를 걸기도 힘들고 요금도 비싸 내 소식을 한국의 가족과 친구에게 알리기에는 그래도 인터넷 메일이 가장 합리적인 방법이었다.

인터넷 충전카드를 감싸고 있는 비닐커버를 휴지통에 버렸더니 뭔가 떨어지는 듯한 소리가 난다. 뒤돌아보니 세상에! 천정에서 휴지통 속 비닐커버 위로 물방울이 방울방울 떨어지고 있다. 혁명 전 힐튼 호텔이었던 이곳, 명색이 특급호텔인데 물이 새다니? 특히 전선이 많이 깔린 인터넷 전용 공간인 비즈니스 센터에 물이 샌다는 것은 매우 위험할 텐데…….

의자를 돌려 물방울을 피했지만 인터넷을 하는 내내 신경이 쓰였다. 원고를 보내려고 USB를 꽂았는데 이런, 컴퓨터가 인식하지 못한다. 외장하드를 들고 올 걸 그랬나. 몇 번을 시도해도 먹통이다. 직원을 불러 물어보아도 잘 모르겠단다. 내 USB의 잘못이라는 말만 남기고 그녀는 사라졌다. 지금 이 순간에도 비싼 시간이 쏜살같이 흘러가고 있는데…….

겨우 다른 컴퓨터로 옮겨 인터넷 충전카드로 로그인하는 사이 사용할 수 있는 시간은 화면에서 초 단위로 재빠르게 사라지고 있었다. 남은 시간을 볼 때마다 마음이 다급해지고 키보드 치는 소리는 점점 빨라진다. 주변 다른 사람들도 마찬가지. 컴퓨터 앞에 앉아 카드를 동전으로 긁고 드러난 숫자와 영문을 빈칸에 넣는 사이에도 주변 사람들이 급하게 타자 치는 소리를 들어야 했다.

일주일에 한 번 메일을 확인하는 것 이외에 나는 인터넷 세상에서 점점 멀어졌다. 인터넷 세상에서 멀어진다는 건 내 경험 이외의 세상의 모든 소식들로부터 멀어지는 것을 의미했다. 한동안 한국처럼 인터넷을 마음껏 할 수 없다는 것이 스트레스로 다가왔다. 세상은 나와 상관없이 잘 돌아가고 있는데 아무런 소식을 알 수 없을 때의 기분이란…….

내가 불안한 것은 인터넷을 할 수 없어서가 아니라 그 소식들로부터 너무 멀리 떨어져 있다는 것 때문이었다. 나도 모르게 시끄러운 바깥세상의 소식들로 나를 가득 채우고 살았던 것이다. 내 안의 나를 인식할 여유를 갖지 못한 채, 늘 세상에 귀 기울였다. 인터넷에서 멀어지니 먼저 내가 보이고 주위의 사람들이 눈에 들어왔다. 그리고 갑자기 24시간이 무한정 늘어나는 것이었다.

휴지는 어디에?

내 안의 결핍과 마주치다

아바나에 오래 머물면 머물수록 이상한 습성이 생겼다. 혼자 살아가기 위해서 많은 물건이 필요한 건 아니라고 생각했지만 사소한 물건들이 필요했다. 하지만 상점에 물건이 없으니 계속 부족한 상태에서 지낼 수밖에 없었다. 수첩을 구하기 위해 며칠씩 문구점을 순례한 일이나, 스카치테이프를 몇 시간씩 찾아다닌 일은 애교에 불과했다. 특히 먹는 문제에 민감해하는 나를 느낄 때마다 사람이 생존하려면 잘 먹는 것이 정말 중요한 문제라는 것을 깨달았다.

돈만 있으면 무엇이든지 구할 수 있는 풍요로운 한국에서 도저히 느낄 수 없는 피폐한 감정이었다. 집 밖에 나서면 먹고 싶을 걸 마음껏 먹을 수 있고, 인터넷으로 주문만 하면 30분 내에 피자가 도착하는 일은 정말 딴 나라의 일이었다. 품위를 유지하며 제대로 된 음식을 먹기 위해서 얼마만 한 노력이 필요한지 알 수 없었다.

언젠가 화장실에 두루마리 휴지가 보이지 않았다. 주인이 챙겨두는 걸 잊어버렸나? 혹시나 해서 밀레나에게 말했다.

"화장실에 휴지가 없어요?"

"미안해, 가게에 휴지가 떨어졌어. 아무리 찾아봐도 없네."

"가게에 휴지가 없다고요?"

나는 황당해서 더 이상 할 말이 생각나지 않았다. 아바나의 모든 가게에 휴지가 몽땅 사라졌다는데 대체 무슨 말을 해야 하나. 비상용으로 가지고 있던 휴지로 며칠 버틸 수밖에 없었다. 이틀이 지나자 밀레나가 4개들이 두루마리 휴지 한 뭉치를 사들고 왔다.

사람이 살아가는데 하찮은 물건들이 이렇게 많이 필요할 거란 생각은 해본 적이 없었다. 아무리 찾아도 정작 필요한 물건이 없을 때 느껴지는 막막함을 어떻게 설명해야 할까? 상점에서 다양한 물건과 질 좋은 소비재를 거의 찾아볼 수 없지만 어쩌다 마트에 물건이 있으면 바로 동이 나버린다. 그들은 마치 한 번도 좋은 것을 가져본 적이 없는 사람들처럼 탐내어 물건을 사들였다. 언제 다시 저 물건을 만날 수 있을지 알 수 없기 때문이다. 돈이 없는 가난한 사람들은 어쩔 수 없이 물건을 아껴 쓰고 나눠 쓰고 고쳐 쓰는 절약의 습관이 몸에 배여 있다.

커피를 직접 끓여 마시기 위해 사려던 까페떼라(모카포트)도 아바나에서 동이 나버렸다. 여러 가게에 물어봤지만 돌아오는 대답은 없다는 말뿐이었다. 거의 대부분 정부가 운영하는 상점이지만 마찬가지였다. 그냥 포기하고 다시 물건이 거리에 풀리기만을 기다릴 수밖에 없었다. 결국 아바나에서 까페떼라를 사지 못하고 바라데로에 여행을 가서 샀다.

쿠바인들이 왜 물건을 쌓아두고도 사재기를 하는지 이해가 되었다. 하지만 곧 눈에 보이는 대로 아무거나 다 사버려도 이상한 헛헛함은 도저히 채워지질 않는다는 걸 깨달았다. 마음에 빈곤감이 가득 차서 딴 사람의 물건을 볼 때 내가 가지고 있지 않다는 것에 절망감을 느끼기도 했다. 내가 소름끼치게 싫어하는 인간의 비루함과 찌질함이 내게도 존재한다는 생각에 기분이 나빠졌다. 이곳에서 살아가면 갈수록 태양 아래 벌거벗은 채 서 있는 기분이 들었다. 이 과도한 욕심은 어디에서 오는 걸까? 필요하지도 않은 물건을 자꾸만 쟁여둬야겠다는 생각은 솔직한 내 욕망의 발현인가?

가난한 사람들이 돈이 생기면 무엇에든 그 돈을 다 써버리며, 부자보다 과소비를 한다는 사실은 슬픈 아이러니였다. 현지인들이 미래에 대한 계획을 세우지 않는 이유를 알 것도 같았다. 열대기후에 따른 국민의 특성도 있지만 바로 내일 일도 예상할 수 없는 곳에서 그들이 할 수 있는 최선의 행동은 지금 현재를 즐기고 만족할 방법을 찾는 것뿐이다.

쿠바에서 만난 애니깽

점심시간, 아바나대학교 근처 피자집에서 주문한 피자를 기다리는데 낯익은 여자가 나타났다. 〈쿠바의 연인〉이라는 영화에 나온 한인 후손 중의 한 명인 루드밀라였다. 함께 영화에 출연했던 남편은 머리를 길러 허리까지 오는 긴 레게머리를 하고 있다. 작년 12월 한인 송년회에서 그녀와 인사를 나눈 적이 있었는데 기억하지 못하는 모양이었다. 잠시 망설이다가 그녀에게 다가가 말을 건넸다.

"에스 코레아나?"(당신은 한국인이죠?)

"시."(네.)

"땀비엔 소이 데 코레아. 요 비보 엔 아바나 우노스 메세스."(나도 한국인이에요. 아바나에 몇 개월 머물고 있어요.)

수많은 아바나 시민들 속에서 한인 후손을 만나다니……. 영화 속에서 루드밀라가 쿠바의 현실을 거리낌 없이 표현하는 것을 보고 참 당차다고 생각했었다. 지금은 라디오 방송국을 그만두고 다른 일을 하고 있단다. 스페인어 수업만 없다면 그녀와 좀 더 이야기를 나누고 싶었지만 30분의 휴식 시간이 끝나가고 있었다. 어쩔 수 없이 우리는 서로 연락처를 주고받고 헤어졌다. 언제 연락을 해서 얼굴이라도 보면서 이야기를 나눠야겠다고 생각했는데 차일피일 미루다 연락을 하진 못했다. 그녀와 내가 어떤 인연으로 이어져 있는지 몇 달 후 미르마르 거리에서 우연히 그녀를 다시 만났다.

루드밀라는 1921년 멕시코에서 증기선을 타고 쿠바를 향해 떠난 300여 명 한인들의 후손 중 한 명이다. 라울 루이스·마르타 림 김이 쓴 『쿠바의 한국인들』을 읽어보면 당시 쿠바는 물 대신 우유를 마시고 원하는 대로 맥주를 마시는 에덴 동산과 같다고 알려져 있다. 그러나 한인 이민자들이 쿠바에 도착했을 때는 국제 설탕 가격이 폭락하면서 이미 쿠바 경제가 추락하던 시기였다.

쿠바에서 에네켄이 재배되기 시작하자, 이미 숙련된 노동자인 한인들은 에네켄 농장이 있는 마탄사스로 이주했다고 한다. 한인들은 엘 볼로 마을에 정착하고, 대한인 국민회 지방회와 한인 교회 그리고 한글학교를 세웠다. 이를 통해 한인들은 정체성을 지키려고 애썼고 조국의 독립운동을 위해서도 헌신했다. 하지만 남한과 북한 즉 두 개의 한국이라는 신분적 특이성으로 양쪽 국가

로부터 한동안 철저하게 잊혀졌다.

현재 쿠바에는 대략 천백여 명의 쿠바 한인들이 살고 있다. 한국과 쿠바는 아직 미수교 상태다. 하지만 민간 차원의 교류는 활발해지고 있다. 2014년 8월 아바나에 한인 후손 문화회관(호세 마르티 한국 쿠바 문화클럽)이 세워졌다. 쿠바 이민 93년 만에 최초로 건립된 한인을 위한 건물이다. 이곳에는 한인 이민사 전시관과 한국 전통문화 박물관이 있으며 현지인과 한인을 위한 한글 강좌도 열린다고 한다. 전 세계로 알려진 한류는 쿠바에도 큰 영향을 미치고 있다. 한때 길거리 불법 DVD에서 볼 수 있었던 한국 드라마는 이제 쿠바 TV에서 절찬리에 방영 중이며, 한국어를 배우려는 현지인들도 늘어나고 있다.

대전의 한 대학으로 한국 유학을 온 아자리아 임은 독립운동가인 임천택의 증손녀이다. 그녀는 내가 처음 쿠바에 도착했을 때 좌충우돌했던 아바나 생활을 도와준 세르히오 임의 딸이다. 세르히오를 처음 보았을 때 동양인의 피가 흐른다는 느낌을 받았다. 하지만 세월이 흐를수록 점점 한국인 순수 혈통은 사라지고 있다. 쿠바 이민 몇 세대를 지난 지금, 한인 후손들의 얼굴은 쿠바인에 가까워졌다.

VIVERO DE COCO
PLAYA DE DUABA

part 4.

오리엔테,
태양의 노래를 부르다

달려라 돈키호테

베다도 시내 중심가 23번가에는 말레꼰을 바라보며 힘차게 말을 타고 달려가는 돈키호테 동상이 서 있다. 깡마른 돈키호테는 애마 로시난테를 타고 허공을 박차며 뛰어오르고 있다. 돈키호테 동상 앞에서 친구를 만나기로 했다. 약속 시간보다 조금 일찍 도착한 그곳에는 사람들이 돈키호테 동상 아래 벤치에 무심히 앉아 있었다.

여러 번 지나치긴 했지만 오늘처럼 돈키호테 동상을 자세히 바라본 적은 없다. 이곳의 과도한 햇살과 근처 가로수의 나뭇잎 그림자가 겹쳐져 살은 없고 잔 근육과 뼈만 도드라진 돈키호테와 말을 또렷하게 명암지게 했다. 무성한 그늘 속에서 돈키호테와 로시난테는 정신과 의지로 땅에서 우뚝 솟아오른 것 같았다.

체 게바라는 스스로 돈키호테라고 칭했다는데, 체 게바라뿐만

아니라 쿠바라는 국가 자체가 돈키호테라는 생각이 들었다. 로시난테를 타고 힘차게 바다를 향해 칼을 휘두르는 돈키호테의 모습은 바다 건너 적을 향해 돌진하는 모습이다. 지금 쿠바의 공공의 적은 미국이지만 사실 적들은 무수히 많은 외세의 침략이 아닐까. 미국의 코앞에서 50년 넘게 항거하는 작은 섬나라. 그들의 자존심과 자부심은 세계 최고이다.

심지어 길거리의 개들마저 품위가 있다. 길거리 개가 사람을 보고 짖거나 적대적인 모습을 하는 것을 한 번도 본 적이 없다. 목줄도 없이 개들은 자유롭게 거리를 활보하고 식당의 식탁 아래에서 음식을 남겨주기를 애타는 눈빛으로 바라볼 뿐이었다. 비록 거리마다 개똥이 지천에 널려 있을지라도 개는 개답게 당당하고 사랑스러웠다.

돈키호테는 말레꼰을 넘어 대체 어느 곳으로 달려가는 꿈을 꾸고 있는 걸까? 풍차를 향해 돌진하는 돈키호테처럼, 쿠바라는 돈키호테는 비록 불가능한 꿈일지라도 또 다른 희망을 향해 달려가고 있는 중인지도 모른다. 이상으로 불타는 두 눈을 크게 부라리며 혼연일체가 된 로시난테를 탄 채…….

무모하리만큼 자기 세계에 몰두한 돈키호테의 피가 내게도 흐르고 있는 것일까? 나는 쿠바 오리엔테Oriente(동쪽) 여행이라는 새로운 도전을 위해 첫 발자국을 내디딜 참이었다. 돈키호테의 부라린 눈과 깡마른 근육, 로시난테의 힘찬 발길질이 햇살 아래에서 반짝 빛났다. 말이 내딛는 말발굽 소리가 지축을 울리는 듯 했다.

가슴이 힘차게 뛰어왔다.

오리엔테 여행을 시작하다

트리니다드 Trinidad 1

쿠바 오리엔테의 여행은 동행을 구하느라 예상보다 일정이 늦어졌다. 점점 여름으로 치닫는 동쪽 쿠바의 날씨를 생각하면 마음이 조급했다. 결국 동행을 구하지 못한 나는 어쩔 수 없이 홀로 여행을 떠나야 했다. 쿠바에서의 고독과 외로움은 마치 전생의 인연처럼, 숨 쉬는 공기처럼 나를 에워싸고 있었다. 좀 더 깊이 침잠해서 나라는 인간에 천착하라는 뜻이리라.

아바나대학교 앞 미르타와 페데리코 집을 떠나 오리엔테 여행을 떠나는 날이었다. 친구 집에 짐 대부분을 맡기고 배낭 하나 달랑 메고 여행을 떠나는 아침, 미르타 할머니 아들이 짐을 들고 3층 좁은 계단을 내려와 집 앞 도로에서 택시를 잡아주었다. 30대 중반의 체격이 좋은 아들은 부모처럼 백인이고 부인은 흑인이었다. 쿠바의 인종 구성을 보면 사람들이 얼마나 다채로운 개성을 갖고 있는가를 알 수 있다. 드디어 나는 오리엔테의 매력적인 사

람들을 만날 수 있다는 기대감으로 새로운 여행을 시작했다.

택시를 타자마자 언제나처럼 소심한 심장이 두근거렸다. 이제 근 보름 동안 오리엔테를 여행하고 돌아올 것이다. 아무 일없이 아바나로 돌아올 수 있을까? 택시 기사는 잘못 길을 들었다가 재차 비아술(고속버스) 터미널로 가자는 내 말에 다시 택시를 돌렸다. 아침 일찍 텅 빈 도로를 달리는 상쾌한 기분은 택시 기사의 실수에 다시 졸아버렸다. 직접 비아술 터미널에 가서 예약을 하고 지형을 머릿속에 각인시켜두었으니 망정이지 초행이었다면 당황스러웠을 것이다. 이곳에선 언제나 확인하고 또 재확인하는 일이 중요하다는 것을 다시금 느꼈다.

길을 잘못 든 덕분에 새벽의 혁명 광장을 택시를 타고 둘러보았다. 호세 마르티와 체 게바라와 카밀로 시엔푸에고스가 여전히 텅 빈 광장을 지키고 있었다. 이 광장은 쿠바 혁명 기념일 때면 수많은 사람들로 가득 찰 것이다. 하구에이 나무들과 야자나무들이 시푸른 가지들을 늘어뜨리고 도로변에 늘어서 있다. 땅위로 불끈 솟아오른 나무뿌리들을 보니 다시금 힘이 솟아나고 새로운 여행지에 대한 호기심이 모락모락 피어올랐다. 오리엔테에 가면 산을 오르고 매운 음식과 생선 요리를 마음껏 먹고 살사도 꼭 배울 것이다. 모든 것을 할 수는 없겠지만 내 체력이 닿는 한 원하는 것을 꼭 해내고 싶었다.

첫 여행지인 트리니다드는 두 번째 방문이었다. 지난 3월 한국인 여행객들과 함께 들렀던 곳이다. 여럿이 함께하는 여행과 홀로 하는 여행은 마음가짐부터 달랐다. 이미 성수기가 지난 탓인지 비아술 버스 안은 듬성듬성 빈자리가 보였다.

옆자리에 앉은 아나는 아르메니아인인데 트리니다드에 두 달 머물면서 살사를 배울 것이라고 한다. 은행원이며 이곳에 오기 위해 휴가를 받았단다. 트리니다드에는 살사를 가르쳐주는 유명한 곳이 있다고 했다. 이틀 정도 머물 예정인 나는 아나와 헤어지면서 밤에 '까사 델 라 뮤시카'(춤추는 사람들과 흥겨운 라이브 음악으로 유명한 노천 공연장)에서 만나기로 했다. 트리니다드를 방문하는 대부분의 여행객들은 저녁 시간을 까사 델 라 뮤시카에서 보낸다.

장장 여섯 시간이 걸려 트리니다드에 도착한 나는 예약을 한 '엘 세프의 까사'를 찾아가야 했다. 비아술 버스에서 내리자마자 정류소 앞은 이름표를 들고 손님을 기다리는 사람들로 인산인해였다. 그늘이라고는 없는 뙤약볕 아래서 '모니카'라는 이름표를 들고 있는 곱슬머리 사내를 발견했다. 비씨택시 운전사인 그는 내 짐을 받아들고 까사를 향해 출발하기 시작했다. 두 번째 방문이라 익숙한 거리를 달려 도착한 까사는 내가 예약한 집이 아니었다. 어리둥절한 사이 금방 그 이유를 알 수 있었다. 뒤이어 금발머리 서양 여인이 탄 다른 비씨택시가 도착했는데 알고 보니 그

ESPAN
MONICA

Brakach

녀는 나와 동명이인이었다. 모니카라는 이름이 이토록 흔할 줄이야.(다른 여행지인 바라코아에서도 모니카라는 여성을 만났다.)

부르기가 어려운 내 한글 이름은 쿠바에 도착하자마자 세례명인 모니카로 바뀐 지 오래였다. 어쩔 수 없이 다시 비씨택시를 타고 엘 세프의 집을 찾아갔다. 손님들이 가득 차 있어서 주인이 자기 방을 비워주고는 내일은 다른 방을 주겠다고 했다. 엘 세프는 요리사 출신이며, 음식이 아주 맛있어서 한국인들 사이에서 유명하다. 센트로에서 조금 떨어져 있긴 하지만 트리니다드라는 도시 자체가 아주 작은 곳이어서 거리가 그다지 먼 곳은 아니었다. 지난 번 여행 때 까사 델 라 뮤시카에서 만났던 한국 학생이 알려준 곳이었다. 한국인이 많이 다녀간 곳답게 계단 중앙에 턱하니 안동 하회탈 액자가 걸려 있었다. 이 먼 트리니다드에 하회탈이라니! 주인에게 우리나라 것이라고 했더니 고개를 끄덕인다.

아름다움을 사랑하는 쿠바인의 집답게 아주 잘 가꾼 이층집이었다. 집 뒤쪽에는 바나나 나무들이 자라는 정원 겸 농장이 있었다. 적갈색 기와와 푸른 바나나 나뭇잎 사이 노란 바나나가 무럭무럭 자라는 곳, 집 앞에는 배급소가 있어서 배급을 받으러 온 사람들이 줄지어 서 있었다.

아바나보다 동쪽에 있는 도시답게 햇살은 더 뜨겁고 조금만 걸어도 땀이 흘러내렸다. 방에 짐을 풀고 샤워를 한 뒤 여행사로 향했다. 내일 갈 '토페스 데 콜란테스 투어'를 예약하고 마요르 광장으로 발걸음을 옮겼다. 탁구 치는 사람들, 길거리에 앉아 럼을 마시는 남자는 나를 붙잡고 "린다!"(예쁘다!)를 연발했다. 나와 사귀는 게 어때? 이것이 그의 말이었다. 너는 술이 취했다, 관심 없다고 말해주고 돌아서는데 얼큰하게 취한 그는 '아무려면 어때'라는 듯 손을 흔들고 있었다. 누가 뭐라던 마음이 시키는 대로 발산하는 자유로운 쿠바다.

뭔가 시원한 음료수를 마시고 싶은데 주변에 가게가 보이지 않았다. 우뚝 솟아오른 시립 역사박물관 전망대를 바라보면서 걸어가다가 칵테일 깐찬차라를 파는 카페를 발견했다. 막 라이브 연주가 시작되는 참이었다. 깐찬차라 한 잔을 시키자 검은 물 잔에 사탕수수 막대를 꽂아서 가져다주었다. 한 모금 마시자 향긋하고 독한 럼 향이 입안에 가득했다. 달콤한 꿀과 럼의 향기가 어우러진 칵테일은 생각 외로 독했다. 빈속에 취기가 확 올라왔다.

나른하게 늘어진 오후의 시간 사이로 감미로운 라이브 음악이 이리저리 흘러 다녔다. 그때 단체 관광객들이 왁자지껄하며 들어왔다. 서양인 부부들이 대부분이었는데, 음악에 맞춰 자연스럽게 살사를 추는 빨간 티셔츠의 가이드는 단연 돋보이는 사람이었다. 모두들 깐찬차라를 시키고 느긋하게 오후의 음악을 즐기고 있었다. 취기가 가시자 나는 그들에게 "부엔 비하헤."(즐거운 여행 하세요.)라는 인사를 남기고 돌아섰다.

역시 엘 세프의 저녁 요리는 소문대로였다. 코스 요리로 맨 처음에는 빵과 따뜻한 스프를, 샐러드, 과일, 그리고 관자 요리와 밥을 곁들인 가재 요리가 맨 나중에 나왔다. 요리사 출신답게 음식은 맛있고 뒷맛은 깔끔했다. 후식으로 아이스크림과 쿠키가 나왔다. 오랜만에 입맛이 도는 요리를 대접받으니 여행의 피로가 싹 가시는 것 같았다.

내일 아침 일찍 트레킹을 떠나야 하지만 트리니다드에 와서 '까사 델 라 뮤시카'를 가지 않을 수는 없었다. 문 여는 시간에 맞춰 옷을 갈아입고 마요르Mayor 광장 쪽으로 걸어갔다. 집에서 10분 정도 되는 거리인데 걸어가는 사이 벌써 흥겨운 음악 소리가 들려왔다. 이미 공연이 시작되었다. 무대 앞 테이블은 손님들로 가득 찼고, 계단 위에도 사람들이 빽빽하게 앉아 있었다. 맥주 한 잔 시키고 주위를 둘러보아도 비아술 버스에서 만난 아르메니아인 아나는 보이지 않았다. 서양인 관광객이 월등히 많은 곳에서 그녀를 찾는다는 건 애당초 불가능한 일이었다. 모두 비슷해 보여 아나는 잊어버리고 공연을 즐기기로 마음을 먹고 나니 그제서야 음악이 귀에 들어왔다.

음악과 술에 취하고 살사 춤에 취한 사람들, 감미로운 음악이 흐르는 이곳을 사람들이 왜 좋아하는지 이해가 되었다. 자신을 잊어버리고, 또 자신을 되찾은 기분이 드는 곳이다. 주위 사람의 시선 따위는 신경 쓰지 않고 마음껏 휴식을 즐길 수 있는 곳, 전문적인 살사 선생이 파트너를 바꿔가며 현란한 춤을 추는데 장삿속인 것을 모르는 것은 아니지만 현장 분위기를 돋우게 하는 데는 최고인 것 같았다.

몸이 저토록 아름답게 움직이다니, 남자든 여자든 음악이 흐르면 어디서든지 춤을 추는 곳. 아나의 말처럼 몇 달이고 이곳에 머물며 살사를 배우고 싶은 곳이다. 몸을 한계로 밀고 나아가면 느껴지는 신체의 자유, 마음의 평온함과 충만감을 알고 있는 사람들이었다. 좀 더 즐기고 싶었지만 내일 트레킹을 위해서 일찍 집으로 돌아왔다. 흥겨운 음악은 마요르 광장을 떠나 집으로 걸어가는 사이에도 계속 들려오고 하늘에서는 달빛이 안개처럼 내려왔다.

토페스 데 콜란테스 투어

트리니다드 2

오랫동안 손꼽아 기다렸던 산행이었다. 산으로 둘러싸인 고장에서 자란 나는 높은 산을 보면 마음이 편안해졌다. 아바나에서도 멀리 산 능선이라도 바라볼 수 있으면 얼마나 좋을까 생각한 적이 한두 번이 아니었다.

어제 '토페스 데 콜란테스 투어'Topes de Collantes Tour 예약을 하러 여행사 위치를 물었을 때 주인 여자는 아주 덥다, 시간도 많이 걸린다, 너 제대로 알고 가느냐며 의아해 했다. 아바나에 사는 동안 산이 그리웠던 나는 괜찮다, 문제없다 했는데 이제야 그 이유를 알게 되었다.

아침 9시에 출발한 트레킹은 장장 일곱 시간이 걸리는 대장정이었다. 그동안 워낙 아바나 시내를 걸어 다녀 체력은 좋아졌다지만, 물 한 병 달랑 들고 간식도 제대로 준비하지 않은 나로서는

아주 힘든 산행이었다.

여행사에 도착하니 차는 보이질 않고 노란색과 초록색으로 치장한 낡은 트럭이 서 있었다. 표를 건네주자 운전사는 트럭에 타라는 손짓을 했다. 쿠바에서 아주 유명한, 개조한 트럭 카미온Camión을 타는 경험을 드디어 하게 되었다. 트럭 짐을 싣는 자리에 쇠로 만든 의자들이 줄지어 놓여 있었다. 오늘도 동양인은 나 혼자였다. 커플 한 팀을 포함한 일곱 명이 오늘의 동행이었다. 프랑스, 스위스, 캐나다 등 국적도 다양했다.

이국적인 나무들이 즐비한 산비탈을 향해 트럭은 기어오르기 시작했다. 웃자란 나뭇잎들이 좁은 길을 달리는 트럭을 탁탁 치며 뒤로 물러났다. 나뭇잎의 상쾌한 향기가 벅차게 가슴으로 밀려들어왔다. 트럭이 울퉁불퉁한 산길을 덜컹거리며 달려가는데 이런 경험을 어디서 또 해보느냐는 듯 모두 즐거워 보였다. 해변의 휴식을 즐기는 대신 힘든 트레킹을 선택한 사람들의 공통점이 느껴지는 순간이었다.

휴양지로 유명한 토페스 데 콜란테스에는 요양이 필요한 사람들을 위한 꾸르오텔 에스깜브라이Kurhotel Escambray 호텔이 산 정상에 있다. 그곳에서 내린 우리는 드디어 산의 중심부로 향하는 트레킹을 시작했다. 가이드의 설명을 듣고 산길을 걷는 내내 나는 산을 걷는다는 황홀경에 빠져들었다. 힘들긴 하지만 울창한 숲으로 가득한 산길을 걷는 기분을 어떻게 표현할 수 있을까? 땀은 비 오듯 흐르고, 다리는 아파오지만 머리는 도리어 맑아지는 이 기분을…….

알알이 열린 커피 열매로 가득한 커피 농장과 생전 처음 보는 커피 꽃, 비슷하지만 다른 이름의 커피나무들을 보는 재미도 만만찮았다. '까사 델 까페'는 커피 생산지답게 에스프레소 커피의 진한 향기가 넘쳐나는 곳이었다. 카페 전체가 커피와 관련된 도구들로 가득 차 있었다. 넓은 야외 정원에는 노예들이 커피 열매를 찧던 방아와 기구들이 펼쳐져 있어 어떻게 한 잔의 커피가 만들어지는지 알 수 있었다.

진한 에스프레소를 마시며 달콤한 휴식을 보낸 후 카페를 나와 다시 산길로 들어섰다. 키 낮은 식물들 사이 야자나무가 우뚝 솟아 있는 좁은 산길을 지나 폭포로 향했다. 나는 시원스레 쏟아지는 한국의 폭포를 상상했다. 하지만 숲을 지나 안으로 들어가니 상상과는 달리 작은 폭포 아래 둥글고 넓은 소(沼)가 보였다. 길 입구에 입장료를 받는 남자가 바위 위에 턱하니 앉아 있었다. 이곳이 자연 수영장이란다. 그동안 내린 비가 부족해서인지 원래 크기가 이 정도인지 모르겠지만 한국의 계곡에서 흔히 볼 수 있는 소였다. 급 실망한 나와는 달리 함께 간 서양 친구들은 좋아 하며 수영복으로 갈아입고 물속으로 뛰어들기 바빴다.

바로 옆 절벽으로 새들이 몇 마리씩 날아들어 자세히 보니 새들의 둥지가 흙벽에 촘촘하게 자리 잡고 있었다. 다른 팀들도 모두들 수영을 하거나 일광욕을 하면서 땀을 식히고 있었다. 물이 생각 외로 깊어 수영에 서툰 나로서는 주변을 맴돌기만 했다. 물이 얼마나 미지근한지, 한국의 차고 맑은 계곡물이 그리웠다.

오후 4시가 되어서야 트리니다드 시내에 도착했다. 저마다 땀과 먼지에 젖어 모습이 엉망이었다. 집으로 돌아오니 세프 아저씨는 대단하다는 듯 엄지손가락을 치켜올렸다. 내일은 산크티 스피리투스에서 잠을 깰 것이다. 아디오스 트리니다드!

시인의 자존심

산크티 스피리투스 Sancti Spiritus

쿠바에는 전국 16개의 야구단이 있다. 쿠바 국민들은 남녀노소를 막론하고 야구를 아주 즐기고 좋아한다. 까사의 미르타 할머니는 몸이 불편해 거의 문밖출입을 못하면서도 야구 시합만은 즐겨보곤 했다. 야구 시합이 있을 때마다 TV 앞에 앉아 꼼짝도 하지 않았다. 함께 TV 시청을 하다가 갑자기 산크티 스피리투스에 가고 싶었다. 산크티 스피리투스의 푸른 야구복이 화면을 가득 채우고 있는 중이었다.

산크티 스피리투스는 작고 조용한 소도시였다. 한적한 시골 정류소를 방불케 하는 비아술 터미널에 도착하자마자 먼저 내일 떠날 곳인 카마구에이의 버스 시간표를 확인하였다. 이제 센트로(중심지) 근처에 있는 민박을 구하는 것이 나의 계획이었다. 택시 운전사는 어디서 묵느냐? 자기가 아는 집이 있다며 거기로 가자고 했다. 센트로에 있는 집에 묵을 거라 했더니 자기가 같이 찾아주겠다 한다. 그 말인즉슨 커미션을 챙기겠다는 것이었다.

센트로 거리를 걸어가다가 까사 표시를 발견하면 집이 있느냐, 얼마냐며 대신 흥정을 해주니 편안했지만 오늘 방값을 깎기는 틀린 일이었다. 주인은 내가 낸 방값의 일부분을 사내에게 커미션으로 나눠줘야 하니 절대로 할인해주지 않을 것이다. 아니나 다를까 생각 외로 빨리 방을 구해 나는 에누리 없이 방값을 몽땅 지불해야 했다. 사내는 미안한지 우네악UNEAC(쿠바작가예술인연합, 아바나와 주요 도시에도 있다.)을 찾는다니까 함께 가주겠다 했다.

까사 문밖이 바로 시장거리였다. 신발이나 옷, 또는 생필품을 파는 리어카들이 줄지어 늘어서 있는 곳이어서 사람들로 북적거렸다. 집의 위치를 확인하고 택시 운전사와 우네악을 찾아가는 길은 그다지 멀지 않았다. 집은 센트로에 위치하고 있어서 주변에 관광할 곳이 모두 모여 있는 곳이었다. 리토 시인이 소개해준 시인은 지금 우네악에 없다고 했다. 대신 '파비앙'이라는 시인이 나를 안내해주겠단다. 쿠바 섬 동쪽은 이미 한여름이라 땀이 비 오듯 쏟아졌다. 땀에 젖은 옷을 다시 갈아입고 점심을 먹기 위해 파비앙을 따라나섰다.

현지 상하이 중국 음식점에서 요리를 시켰는데 중국 음식점이라는 타이틀과는 전혀 상관없이, 전형적인 쿠바 음식이 나오는

"La Escalera"
SALON DE
LOS PEQUEÑOS
SUELOS DE CUBA
SUELOS

LIBROS

식당이었다. 튀긴 생선 요리와 후식으로 메르메라다 데 구아야바(구아야보의 열매로 만든 잼)를 시켰다. 아바나에선 거의 생선을 먹을 기회가 없기 때문에 아주 맛있게 먹었다. 흰 접시에 담겨 나온 붉은 액체의 후식은 잼이라기보다 진한 주스에 가까웠다. 아주 달아서(파비앙은 둘쎄라고 표현했다.) 다시 먹을 수 없을 정도였지만 중독성이 있어서 한 번씩 생각나는 맛이었다. 결국 나는 저녁에도 똑같은 메뉴로 식사를 했다.

파비앙은 하루 종일 산크티 스피리투스 곳곳을 소개해주었다. 피곤할 정도로……. 파비앙 덕분에 여행자 출입 금지 지역인 성당 탑에도 올라가 보고, 전통 약초를 파는 약국을 구경하기도 했다. 하지만 나는 이미 홀로 하는 여행의 즐거움을 알아버렸으니 그의 친절이 힘겹기만 했다. 차라리 혼자였으면 산크티 스피리투스의 정서를 더 많이 느끼고 즐겼을 텐데. 현지 사람들과 대화를 나누고 싶었지만 그의 제지를 받기도 했다. 그의 과잉 친절은 뒤늦게 가이드 비용을 요구하는 것으로 나를 힘들게 했다. 고마운 마음을 무엇으로 보답할까 생각하고 있던 차였다. 하지만 먼저 살기 힘들다며 돈을 요구하다니! 시인으로서의 자존심은 어디로 팽개쳤을까 하는 생각에 속상했다.

쿠바에서 시인은 한국과 마찬가지로 돈을 많이 버는 직업은 아니다. 얼마의 돈을 그에게 건네주고 내일 일찍 떠나야 한다며 그와 헤어졌다. 종일 돌아다니다 집에 돌아오니 까사 할머니 오펠리아는 내일 아침을 챙겨주겠다고 먼저 일어나면 꼭 깨우라고 했다. 아침 일찍 일어난 나는 쭉 늘어서 있는 푸른 방문들 앞을 한참이나 서성거렸다. 오펠리아 할머니가 대체 어느 방에 주무시고 계신지 알 수가 없었다.

몇 번 불러서야 겨우 나타난 오펠리아는 과일과 까페 꼰 레체, 또르띠야를 챙겨주셨다. 그리고 "꾸안도 뚜 바스 아 볼베르 아끼?"(너는 언제 다시 이곳에 올 거니?)라고 물어왔다. 아마도 다시 오기 힘들 것 같다는 내 말에 할머니는 시무룩한 얼굴이었다. 겨우 하룻밤 같은 지붕 아래서 지낸 것뿐인데, 오늘처럼 이별이 힘들어질 때면 뜨거운 포옹으로 작별 인사를 나눌 수밖에.

재봉틀 하는 여자

카마구에이 Camagüey 1

쿠바는 도시를 조금만 벗어나도 시골 향취가 물씬 풍기는 풍경을 만나게 된다. 도로의 노면 상태는 엉망이지만 다니는 차들이 드물기 때문에 앞이 탁 트인 도로를 거침없이 달리는 기분을 느껴 보기 좋은 곳이다. 한국과는 달리 도로가 막히는 일이 거의 없다. 사탕수수 농장이 좌우로 늘어서 있는 도로를 달리다보면 말을 타고 지나가는 사내나 마차를 몰고 가는 농부들을 만나기도 한다. 마치 세월을 거슬러 과거로 돌아간 듯한 풍경이었다. 아바나와는 달리 시골은 아직 제대로 개발이 되지 않았다. 하긴 수도인 아바나도 낡은 건물로 인해 허물어져가는 유령 도시 같은데 시골인들 오죽할까? 도시에서 멀어질수록 사람들은 온순하고 친절하고 가식이 없다.

끝없이 펼쳐지는 사탕수수 지평선을 따라 달리다 보면 저 멀리 목장에서 비쩍 마른 소들이 풀을 뜯고 있다. 우리나라의 소와 달

리 쿠바 소는 품종이 다른 탓인지 아니면 못 먹어서인지, 비루먹은 말처럼 비쩍 말라 있었다. 대부분의 소들은 사료보다 지천에 널린 풀을 뜯어먹는다.

얼기설기 나무로 땅을 구획 지은, 목장을 두르고 있는 나무 막대기 울타리에서 초록 새싹이 솟아올랐다. 나무는 시간이 지날수록 뿌리를 내리고 싹을 틔우고 점차 틈은 사라지고 울타리는 완벽해지는 것이다. 막대기만 꽂아도 푸른 싹이 돋아나는 풍요로운 땅, 이 땅에 기대어 사는 사람도 식물도 생명력으로 넘쳐나는 쿠바다.

물자가 부족한 사회 시스템은 색다른 풍경을 연출하기도 한다. 망고 열매가 익어가는 커다란 망고 나무 아래 간이 정류장 앞이었다. 사람들이 콩나물처럼 빼곡하게 꽂힌 채 개조한 트럭 화물칸에서 밖을 내다보고 있었다. 땡볕 더위에 사람들이 트럭을 내리고 올라타는 모습이 마치 도살장으로 끌려가는 소 같았다. 대중교통 수단이 부족한 쿠바에서 트럭은 버스처럼 교통의 상당한 부분을 담당하고 있단다. 내가 탄 비아술 버스 안은 에어컨 바람이 시원하기보다 오히려 추울 정도인데 트럭은 찌는 듯한 더위와 타인의 체취와 싸워야 하는 것이다.

산크티 스피리투스에서 4시간을 달려 드디어 카마구에이에 도착했다. 쿠바 국민 시인 니콜라스 기옌Nicolás Guillén의 고향인 카마구에이의 첫인상은 소박하기 그지없었다. 작은 버스 정류장은 오가는 수많은 사람들로 소란스러웠고 정류장 밖에는 인력거들이 줄지어 서 있었다. 조용하고 깔끔하고 아름다운 도시였다. 좁은 도로에 자전거를 탄 사람들이 줄지어 가고, 아이들은 공터에서 떠들썩하게 뛰어놀고 있었다. 노랗고 파란 현관문과 원색의 벽을 볼 때마다 색감에 대한 그들만의 특별한 인식에 감탄하지 않을 수 없었다.

성당 앞 공터에는 카마구에이의 화가이자 조각가인 마르따 히메네스Martha Jiménez의 테라코타 작품들이 실물 크기로 전시되어 있었다. 아무런 저지선도 없이 생활 공간 한가운데 턱하니 놓여 마치 지금 이 시대를 살아가는 사람들처럼 그곳에 모여 있었다. 의자에 앉아 수다 삼매경인 여자들, 서로 마주보고 다정하게 앉아 있는 부부, 리어카를 끌고 가는 노인 등 한국과 조금도 다를 바 없는 보통 사람들의 모습이었다. 바로 근처에 그녀의 전시장이 있었다.

주로 여성을 다룬 작품들이 많았는데 특히 재봉틀을 하는 여성에 대한 작품이 인상 깊었다. 성난 풍랑이 불어오는 바다 위 조각배에 흔들리며 재봉틀 하는 여자. 그 모습은 인생의 격랑을 헤치고 살아가는 세상 모든 어머니의 모습이 아닌가. 여성으로 태어

나 억압받고 살아가는 것은 한국과 쿠바가 다르진 않으리라. 사회적 억압을 통해 강해진 여성의 모습을 보고 있노라니 갑자기 힘이 났다. 여행지에서 마주치는 사소한 어려움 따위는 그녀 앞에서 모두 물거품처럼 사라질 것 같았다.

문을 나서자 방금 본 작품 속에서 막 빠져나온 듯한, 재봉틀 하는 여자가 전시장 바로 앞에 턱하니 나타났다. 활짝 열어젖힌 현관문에 재봉틀 하나 달랑 두고 재봉틀 하는 여자, 그녀는 특이하게도 문 안이 아닌 문밖을 향해 앉아 있었다. 컴컴한 문 안은 쏟아지는 열대의 햇빛에 가려 거의 보이지 않았다. 문을 가득 채우고 있는 건 재봉틀 앞에 앉아 열심히 작업 중인 그녀의 모습뿐이었다. 그녀는 흘러내리는 땀을 닦을 새도 없이 부지런히 재봉틀 페달을 밟고 있었다.

국민 시인, 니콜라스 기옌

카마구에이 2

햇살이 넘쳐나는 카마구에이 거리를 걸어 쿠바의 시인 니콜라스 기옌의 기념관에 도착했다. 자전거가 달려가고 아이들이 뛰어노는 좁은 골목의 중간쯤이었다. 기옌의 얼굴과 도마뱀으로 장식한 건물 표시를 눈여겨보지 않았다면 스쳐 지나갈 뻔했다. 이곳이 바로 니콜라스 기옌의 생가였다.

좁은 현관문을 지나 어두컴컴한 실내로 들어서자 쨍쨍한 햇빛에 익숙한 눈에는 아무것도 보이지 않았다. 한동안 멍하니 제자리에 서 있었다. 어둠이 눈에 익자 니콜라스 기옌의 형형한 눈빛이 눈길을 사로잡았다. 벽면마다 시인의 생생한 생활상이 드러나는 사진들이 걸려 있었다. 쿠바의 국민 시인으로 추앙받는 그는 물라토(스페인계 백인과 흑인의 혼혈)이며 물라토의 문화를 시로 노래한 것으로 유명했다. 니콜라스 기옌의 문학과 삶을 대변하는 단어는 물라토였다.

Del Camagüey

조상으로부터 물려받은 아프리카 유산은 문학의 자양분이었으며, 첫 시집인 『손의 모티브Motivos de son』는 쿠바 고유의 음악인 손Son의 리듬감과 일상생활의 질박한 정서를 구현하는 데 성공한 것으로 알려져 있다. 그는 물라토의 어법과 어휘를 사용하여 물라토의 세계를 시적으로 형상화하였다고 한다.

21세기 쿠바는 인종 차별이 없는 국가로 알려져 있지만 저변에는 인종 차별이 깔려 있다는 것을 아주 가끔 느낄 수 있었다. 사회 지배계급은 아직도 대부분 백인들이며, 백인이라는 이유 하나만으로 관광객인 동양인조차 깔보는 사람을 본 적도 있었다. 서구의 나라에서 함부로 쓸 수 없는 네그로(검은색)이라는 단어를 어떤 편견도 없이 사용할 수 있지만 미묘한 인종 차별은 어디에나 존재했다.

니콜라스 기옌의 문학처럼 그의 생가는 여타 스페인풍의 대저택과는 달리 소박한 크기에 살림살이도 간소하기 그지없었다. 생전에 그가 사용했던 물건을 그대로 전시해두었는데 참으로 검박하였다. 베레모와 악기, 그리고 작품들은 시인의 소탈한 면모를 말해주는 듯했다. 특히 커다란 옹기 항아리Tinajones들이 여럿 눈에 띄었는데 빗물을 받아 식수로 사용하던 것이었다고 한다. 유명한 시인의 기념관이라고 하기에는 너무 허술한 것이 아닌가 하는 생각이 들 정도였다. 하지만 기옌의 작품과 생애에 대해 설명하는 흑인 가이드를 보니 얼마나 시인을 존경하고 자랑스러워하는지 알 수 있었다.

카마구에이 광장에는 카마구에이를 빛낸 위인들의 대형 사진이 걸려 있다. 사진에서 만면에 미소를 띤 백발의 니콜라스 기옌을 찾을 수 있다. 시인의 이름 아래에 당당하게 국민 시인Poeta Nacional이라고 적혀 있었다. 지금도 시인의 탄생일이 다가오면 쿠바 TV에서 니콜라스 기옌의 문학과 일생에 대한 다큐멘터리를 방영하고 그의 시를 낭송하는 시 낭송회가 열리곤 한다.

수수밭 옆에는
검둥이

수수밭 위에는
양키

수수밭 아래는
흙

수숫대 속엔
피!

— 니콜라스 기옌 「사탕수수」 전문

구광렬 저 『체 게바라의 홀쭉한 배낭』에서 인용

올긴의 여인들

올긴 Holguin

저녁 8시 40분에 올긴에 도착했다. 주위를 둘러볼 여유도 없이 아바나에서 추천받은 까사에 짐을 풀고 일찌감치 잠자리에 들었다. 다음날 아침을 먹고 올긴 시내 구경을 나갔다. 400미터 높이의 산이 있다는데 우선 지리를 잘 모르고 낯설고 외딴 곳을 혼자 가긴 아무래도 무리였다. 주인 아저씨 다니엘이 열심히 설명해주었지만 현관문을 나서자마자 나는 재빨리 산행을 포기했다. 길치인 나로서는 까사를 제대로 찾아 귀가하는 것도 언제나 힘든 일이었다. 한참 주변을 두리번거리며 까사의 위치를 확인하고 주소를 수첩에 옮겨 적고 시내로 나갔다. 쿠바 도시의 공통점은 광장 주변으로 성당과 공원이 있으며 그곳이 바로 중심지라는 사실이다.

피델 카스트로의 출생지로 알려진 올긴도 마찬가지였다. 가까운 거리의 허름한 성당은 출입문이 반쯤 사다리에 가려져 있었다. 사다리 끝에 앉아 뭔가를 열심히 고치고 있는 남자가 보였다.

그를 지나 안에 들어서자 열어놓은 창문으로 쏟아져 들어오는 햇빛에 성당 안 풍경이 아름답게 빛났다. 특이하게도 왼쪽에는 관이 하나 놓여 있었는데 성모 마리아가 슬픈 표정으로 내려다보고 있는 관 속에는 예수의 시신이 누워 있었다. 얼마나 많은 사람들이 무릎을 꿇고 기도를 했는지 제단은 반질반질 닳아 있었다.

나는 조용히 의자에 앉아 두 눈을 감았다. 열린 창문으로 비쳐 들어오는 햇빛을 받으며 여행으로 들뜬 마음을 가라앉혔다. 쉴 틈 없이 낯선 도시를 떠도는 일이 힘에 겨울 즈음이었다. 바쁜 여행 일정에 이렇게 쉴 수 있는 공간이 있다는 것만 해도 얼마나 기쁜가. 그때였다. 바로 머리 위에서 맑고 청아한 새소리가 들려왔다. 새소리는 머리 위에서 내려와 제단 앞까지 다가와 있었다. 수많은 작은 새들이 제단 앞에 쏟아져 내리듯 앉았다가 다시 위로 날아오르고 있었다. 성당의 부서진 지붕으로 새들이 들락날락하는 것이었다. 나는 마치 천상에서 내려오는 소리의 축복을 받은 기분이었다. 청소하는 여자가 빗자루로 성당 바닥의 새똥을 쓸어내고 있었다.

고요하리만큼 사람이 없는 성당으로 한 여인이 들어왔다. 그녀는 한참이나 앉아 조용히 흐느끼며 기도를 했다. 마치 엄마 앞에서 중얼중얼 하소연하는 것도 같고, 따지듯이 서러움을 토로하기도 하며 한참을 눈물짓고 있었다. 검은 선글라스 아래로 눈물이 흘러내렸다. 나는 그녀의 시간을 방해할까봐 일어나지도 못하고 엉거주춤 앉아 있었다. 마침내 그녀가 눈물을 닦고 일어나 당당하게 햇빛이 빛나는 바깥으로, 사람들이 있는 세상으로 걸어 나갔다. 그녀의 앞날에 축복이 있기를……. 앞으로 올긴을 떠올릴 때마다 햇살과 새소리와 그녀의 뒷모습이 생각날 것 같다.

햇살이 뜨겁게 내리쬐는 올긴의 센트로는 사람들로 아주 복잡했다. 곧 어머니날Dia de las Madres이 다가오는 때인지라 꽃과 선물을 마련하려는 사람들이 시내로 나온 것이다. 사람들 사이로 빨갛고 노란 조화 바구니를 파는 상인과 아무런 포장도 없이 케이크를 들고 다니는 사람들이 보였다. 더위에 지친 나는 생과일 주스를 사들고 주변을 둘러보다 미용실을 발견했다. 문을 활짝 열어둔 미용실 안에는 염색하거나 드라이를 하는 여자들로 가득했다. 한쪽 구석, 책상에 의자 하나 달랑 있는 네일숍이 보였다. 어제 카마구에이에서 했던 손톱 손질이 맘에 들지 않던 나는 앞 손님이 끝나길 기다리며 미용실 안을 둘러보았다.

바깥도 안도 태양이 달아올라 살이 탈 것 같은 무더위였다. 냉방이 되지 않는 열악한 환경의 미용실 풍경은 이방인의 호기심을 불러일으켰다. 드라이기의 뜨거운 바람을 맞으며 헤어 컬을 마는 여인. 머리 손질이 모두 끝난 뒤 만족한 표정으로 돌아가는 그녀를 보면서 아름다움을 추구한다는 건 여러모로 불편을 감수해야

한다는 생각을 했다. 선크림만 바르고 거리를 나서는 나와는 대조적으로 그녀들은 무더위에도 불구하고 곱게 화장을 했다. 그리고 손톱 손질에도 아주 관심이 많았다.

미용실을 나와서 들른 큰 상점에는 신발, 액세서리, 시계 고치는 부스 등이 있는데 그곳에서 특히 눈에 띄는 것은 책상 하나씩 차지하고 있는 네일숍이었다. 생뚱맞게도 가게와 가게 사이의 공간에 각자 자기만의 도구를 갖추고 손님을 맞이하고 있었다. 어느 네일 아티스트가 손짓을 하길래 나는 방금 미용실에서 하고 나온 손톱을 보여주었다.

바야모로 가는 비아술 버스는 아침 일찍 이미 떠나버렸다. 하루 더 머물러야 하나 걱정을 하는데 바야모로 갈 수 있는 다른 방법이 있단다. 까사 주인 다니엘 아저씨는 모리엔다 터미널에서 바야모로 가는 마끼나 택시를 타면 된다고 했다. 모리엔다 터미널에 도착해서 마끼나 택시를 찾아 가격 흥정을 끝내고도 나는 한참을 기다려야 했다. 택시의 정원이 모두 차기 전까지 운전사는 절대로 움직이지 않을 것이다. 드디어 사람들이 다 모이고, 나는 앞자리에 앉고 뒷자리에 아빠와 딸, 그리고 남자 두 명이 앉았다.

바야모로 가는 1시간 동안 나는 쿠바의 변화무쌍한 날씨를 경험할 수 있었다. 고속도로가 아닌 국도였다. 쨍쨍한 열대의 태양에 시달리다가, 갑자기 검은 구름이 몰려오고 소나기가 쏟아지곤 했다. 한참을 내리던 소나기는 어느새 그치고 다시 땡볕, 다시 소나기. 끝없이 펼쳐진 지평선과 사탕수수밭, 닭장차 같은 카미온 트럭을 타고 서서 가는 사람들. 넓은 들판에서 일하는 농부와 시골길을 걸어가는 사람들과 주변의 풍경을 둘러보면 이곳도 우리네 사는 곳과 하나도 다를 게 없었다. 바로 그때였다. 세차게 퍼붓는 소나기 속에서 나는 꿈처럼 수색에서 동대문으로 가는 7025번 버스를 만났다. 정확히 오후 3시 7분, 버스는 천천히 내가 탄 택시를 마주보며 스쳐 지나갔다.

마법의 말, 여기는 쿠바

바야모 Bayamo

새벽 6시, 잠결에 맑고 아름다운 노랫소리가 들려왔다. 바로 앞 성당에서 들려오는 찬송가였다. 창문을 여니 벌써 공원을 청소하는 청소부가 보인다. 긴 빗자루를 든 아저씨와 아주머니와 아이들 서넛이 열심히 비질을 하고 있다. 쿠바 사람들은 어디서나 쓰레기를 아무렇지 않게 버리고 또 아침이면 열심히 청소를 한다. 마른 야자수 빗자루로 비질하는 소리가 경쾌하게 들려온다.

어제 바야모에 도착해 시내 구경나갔다가 소낙비를 만났다. 비를 약간 맞았을 뿐인데 오슬오슬 한기가 들었다. 그동안 쉬지 못하고 강행군을 한 탓인지 몸이 아파왔다. 따뜻한 저녁을 먹기 위해 식당을 찾아 나섰다. 현지인들이 즐겨가는 레스토랑에서 운이 좋게도 정말 맛있는 닭고기 수프를 먹을 수 있었다. 칼칼한 국물이 있는 따뜻한 음식이 얼마 만인지 아픈 몸이 다 나을 것 같았다. 하지만 함께 마신 맥주가 문제였는지 나는 밤새 열에 들떠 앓아

CDR:3
ZO
2
CDR
DEFENDIENDO
EL
SOCIALISMO

야 했다. 바깥 응접실에서는 주인 아저씨와 친구들이 TV로 야구를 보느라 떠들썩했다.

오늘 나는 산티아고 데 쿠바로 떠날 예정이다. 어제 비가 내리고 몸이 아파 제대로 보지 못한 바야모 거리를 산책하기 위해 까사를 나선다. 새벽 거리는 한산하지만 조금씩 깨어나고 있다. 공원에는 벌써부터 벤치에 앉아 청소하는 사람들을 하염없이 지켜보는 사람들이 있다.

집집마다 다양한 색깔의 나무문들이 아름답다. 이곳 사람들은 색깔과 문양이 다른 자기만의 문을 갖고 있다. 손때가 묻어 아름다운 노란 문, 초록 문, 푸른 문들. 저 문을 열면 어떤 삶이 기다리고 있는가. 어느 영화에서 자폐증인 여자 주인공은 두려움과 마주할 때마다, 자기 앞의 문을 하나씩 여는 것이라고 생각했다. 나는 내 앞에 있는 문을 열고 쿠바로 왔다. 그리고 또 다른 문을 열고 홀로 쿠바를 여행하고 있다. 앞으로도 얼마나 많은 문이 나를 기다리고 있을까.

까사로 돌아와 떠날 준비를 하기 위해 씻으려는데 물이 나오지 않는다. 이럴 수가! 오늘 바야모 전역에서 물이 단수되었단다. 밤새 땀에 젖은 몸을 씻지도 못했는데……. 지역 전체에 물이 안 나온다니 뭐라고 할 말도 없었다. 미안해하며 주인 여자가 작은 통에 담긴 물을 내밀었다. 이 물로 양치하고 세수하고 수건을 물에 적셔 대충 몸을 닦아낼 수밖에 없었다.

초등학교 때였다. 수돗물이 끊긴다며 동네 방송이 울려 퍼지면 집 안의 온갖 다라이와 통에 물을 그득 받아두곤 했었다. 전기도 물도 자주 끊기고 귀했던 그 시절, 쿠바는 그때 우리의 모습과 너무나 많이 닮았다. 까사를 떠날 때 주인 아주머니는 나를 불편하게 해서 정말 미안하다고 했다. 그러면서 여기는 쿠바니까 이해하란다. 맞아, 이럴 때 쓰는 마법의 말이 있었다. 이곳은 세상 어디에도 없는 리얼 쿠바이다.

고르도와 네 번째 노비아

산티아고 데 쿠바 Santiago de Cuba

바야모에서 비아술 버스로 두 시간을 달려 쿠바 제2의 도시 산티아고 데 쿠바에 도착했다. 산티아고에 도착하면 꼭 연락해보라며 아바나의 시인 리토가 소개해준 시인은 휴가 중이었다. 그리고 다른 친구는 주인집 남자의 전화를 받자마자 곧 달려왔다. 짐을 풀고 잠시 쉴 시간도 없이 들이닥친 '고르도'(뚱뚱보)라는 사내 때문에 나는 어리둥절할 수밖에 없었다. 고르도라는 별명이 어울릴 만큼, 덩치가 크고 뚱뚱한 그는 활달한 성격의 물라토였다. 그는 내가 지금 당장 자기 집에 가야 한다고 했다. 이때만 해도 산티아고에서의 이틀을 고르도의 가족들과 함께 보낼 줄 정말 예상조차 하지 못했다.

마차를 타고 다시 버스로 갈아탄 뒤 도착한 그의 집은 높은 언덕배기에 있었다. 바깥으로 난 계단을 오르면 이층에 그의 집이 있었다. 왼쪽은 아직 방과 창의 형태만 있는, 시멘트 바닥이 그대

ASTRO
HORARIO DE
RESERVACIONES
8:00 AM A 12:00 M
2:00 PM 5:00 PM
LUNES A SABADO

로인 아직 공사 중인 집이었다. 돈이 생기면 공사를 재개할 작정인 듯했다. 뻥 뚫린 창 너머로 다닥다닥 붙어 있는 집들이 멀리 보였다. 오른쪽이 그의 가족이 생활하는 공간이었다. 직선으로 길게 세 칸의 공간이 있는데, 현관문을 열면 TV와 두어 개의 의자가 놓여 있는 거실이었다. 거실 사이의 탁 트인 공간에 부부가 사용하는 침대가 놓여 있고, 벽감에 먼지 쌓인 화장품들이 즐비했다. 그리고 바로 옆에 아무런 문도, 커튼도 없이 달랑 변기 하나가 놓여있었다. 화장실이었다. 좁은 부엌에는 커다란 가스통과 아주 간소한 부엌살림이 놓여 있었다.

멀리서 반가운 손님이 왔다며, 고르도가 시장 봐온 생선과 바닷가재, 새우로 직접 요리를 해주겠단다. 그가 웃통을 벗어던지고 불 앞에 서자 좁은 부엌이 더욱 좁아보였다. 요리에 열중한 사이 대머리로 흘러내리는 땀방울을 보면서 미안하기도 하고 고맙기도 한 감정이 우러나왔다. 어디서 닭 울음소리가 들려와서 부엌문으로 바깥을 내다보니 닭과 오리가 종종거리며 걸어 다니고 있었다. 돼지우리에서 꿀꿀거리는 울음소리도 들려왔다. 고르도 못지않은 몸매를 자랑하는 그의 부인은 좁은 부엌에 들어서지도 못하고 남편이 요리하는 것을 바라보다 소낙비가 내린다며 옥상으로 뛰어 올라갔다. 옥상을 오르자 동네의 이모저모가 눈에 들어왔다. 이곳은 단독 주택들이 대부분이며 언덕을 따라 작은 집들이 줄지어 있었다. 쿠바 현지인들의 생생한 삶이 펼쳐지는 삶의 현장이었다.

음식을 만드느라 고생한 고르도에게 미안했지만 아무 양념 없이 기름에 튀긴 바닷가재와 새우는 내 입맛에는 느끼했다. 그래도 이름 모를 생선을 맛있게 먹었더니 부부가 좋아했다. 한국인 친구가 이 집에서 사흘을 묵었다며, 너는 언제 우리 집에 얼마를 묵을 건지 물어왔다. 선심을 쓰듯이 자기 집에서 자면 민박 비용을 절약할 수 있단다. 하지만 집을 이리저리 둘러보아도 대체 어디서 잠을 잘 수 있는 건지 가늠할 수가 없었다. 남자아이도 하나 있다는데 이 좁은 곳에서 3명의 가족과 시멘트 맨바닥에서 지낼 수 있을까. 찌는 듯한 더위에 씻을 곳도 마땅찮은 곳에서 그들과 더불어 생활해야 하는 걸 상상만 해도 머리가 지끈거렸다.

저녁을 먹고 집에서 만든 맥주를 마시고 고르도와 동네 산책을 하며 사람들과 인사를 나누는 사이 어느새 해가 지고 어두워졌다. 달동네를 어둑하게 밝히며 서서히 태양이 떨어져 내렸다. 쉴 사이도 없이 하루가 훌쩍 지나가버렸다. 집까지 배웅하고 돌아선 고르도가 아침 일찍 택시를 대절해서 다시 나타났다. 오늘도 혼자 지내기는 애당초 힘들어졌다. 까사 호르헤 아저씨는 고르도가 왔다고 전해주면서 "께딸?"(너 괜찮냐?)고 물어왔다. 처음엔 무슨 뜻인지 알 수 없었다. 그러나 나는 곧 질문의 진정한 뜻을 알게 되었다. 나도 모르게 고르도가 대절해온 택시는 하루 렌트 비용이

20세우세(20달러)이며 그 돈을 내가 지불해야 했던 것이다.

마침 이날(2012년 5월 13일)은 쿠바의 '어머니날'이었다. 일 년에 한 번 엄마에게 엽서와 꽃장식과 선물을 주고 함께 맛있는 음식을 나누며 즐기는 가족들만의 명절인 것이다. 엘 모로성El Castillo del Morro San Pedro de la Roca이 오늘의 목적지인데, 나의 의향과는 상관없이 먼저 고르도의 장모님 댁에 들르는 것으로 하루의 일정이 시작되었다. 아파트 안에 들어서자마자 모여 있는 수많은 가족들을 보고 잠시 정신이 혼미해졌다. 인사를 나누는 사이 고르도는 조카와 아들과 함께 모로성에 가자고 했다. 부인과 아이 둘, 고르도, 나까지 5명, 아니 운전사까지 6명이 한 차로 움직여야 했다.

모로성은 어머니날 탓인지 손님들이 드물었다. 푸른 바다 바로 옆에 깎아지른 절벽 위에 세워진 스페인 정복자들의 요새는 아주 튼튼하고 견고해 보였다. 성벽 옆 작은 탑 안에는 경비원이 홀로 바다를 바라보며 서 있었다. 오래된 성의 구석마다 자그마한 게들이 서식하고 있는데 높은 성벽을 타고 오르거나 마른 돌바닥을 기어 다니고 있었다. 이제 이곳의 주인은 그들이었다.

모로성을 뒤로하고 다시 고르도의 장모님 댁으로 갔다. 가장 연세 높은 어르신인 백인 할머니를 중심으로 가족들이 더 많이 모여 있었다. 모계 사회의 특성이 느껴진다고 해야 할까. 할머니는 백인이지만 후손들은 모두 혼혈인 물라토였다. 잔치 음식이 식탁에 가득 차려지고 나는 그들과 즐거운 시간을 보냈다. 하지만 연이어 이틀을 쉬지도 못하고 강행군한 탓에 피곤한 것은 어쩔 수 없었다. 이러다 산티아고 데 쿠바의 센트로는 언제 구경하나 했더니 자기 처제와 함께 다녀오란다. 29세인 처제는 일곱 살 사내아이의 엄마이며, 이혼을 하고 친정에 살고 있었다. 그녀는 네일 아티스트이며 자기 방에 네일 도구를 갖춰놓고 있었다.

그녀는 나와 얘기가 잘 통했는데 이 이국적인 미인은 지금 애인이 없다고 했다. 당신의 미모면 남자들이 많을 텐데 했더니 쿠바 남자들은 언제나 다른 여자를 찾는다며 자기는 잠시 즐기는 남자는 필요 없다고 했다. 언니와 고르도는 결혼을 하지 않고 2년째 동거 중이란다. 그리고 다니엘도 고르도의 아이가 아닌 언니 전 남편의 아이라고 했다.

그때서야 어젯밤, 부인이 네 번째 노비아(애인)라고 하던 고르도의 말을 이해했다. 이제껏 고르도는 모두 4명의 여자와 살았고 3명의 여자에게서 모두 3명의 아이가 있으며, 지금은 네 번째 노비아인 이시스와 살고 있는 것이었다. 왜 결혼은 하지 않느냐는 말에 끝내 대답을 회피하던 고르도의 모습이 떠올랐다. 고르도는 가장 평범한 쿠바의 남자인 것이다. 이 모든 것이 쿠바에서는 노르말(평범)한 것이다. 또다시 '쿠바노스럽다'(쿠바 남자답다 라는 뜻, 부정적 의미로 사용됨)의 말을 뜻을 되새기게 된 날이었다. 일요일이라 쎄스뻬데스 공원 주변의 박물관은 거의 대부분 문을 닫았다. 어쩔 수 없이 역사적 건물을 바라만 보다가 돌아설 수밖에 없었다.

쿠바 혁명의 도화선이 되었다는 산티아고 데 쿠바. 쿠바의 모든 혁명은 동쪽으로부터 시작되었다. 이글이글 뜨겁게 타오르는 태양은 젊은 피를 들끓게 하는 묘한 힘을 가졌나 보다. '까사 델 라 뜨로바'에는 대낮에도 음악이 흘러나오고 음악에 이끌려 사람들이 모여들어 정열적인 살사를 춘다. 한껏 성장을 한 흰색 양복의 물라토도, 짙은 아이라인이 검게 번져 나온 늙은 여가수의 노래도, 땀을 흠씬 흘리며 살사에 빠져든 커플도 모두 산티아고 데 쿠바에서 일상적으로 마주치는 존재들이었다.

내 방 위층에는 서양인 부부가 묵고 있었다. 산티아고 데 쿠바의 마지막 밤, 그들이 한껏 성장을 하고 밤 문화를 즐기러 나가는 모습을 나는 부러운 듯이 바라보았다. 내가 잠자리에 든 뒤에도 거리에서는 밤새 열에 들뜬 북소리가 들려왔다.

관타나모를 지나 바라코아로

바라코아 Baracoa 1

아침 7시 45분, 산티아고 데 쿠바에서 바라코아로 가는 비아술 버스를 탔다. 해안 도시인 바라코아로 가려면 관타나모를 지나쳐야 했다. 관타나모라는 도시의 표지판을 보자마자 이곳 어딘가에 존재하고 있는 관타나모 미군기지를 떠올릴 수밖에 없었다. 쿠바 내에서 미국의 지배를 받는 땅, 호세 마르티의 관타나메라라는 노래의 배경인 곳, 그리고 쿠바 섬에서 유일하게 빅맥 햄버거를 맛볼 수 있는 곳. 도시의 풍경은 미군기지 내에 수감되어 있는 수많은 정치범들의 모습이 떠오르지 않을 만큼 한적하고 평온했다.

관타나모를 지나 비아술 버스는 깊은 산길을 달려갔다. 구불구불한 산길을 오르내리며 밀림 속을 달릴 때 나는 강원도의 숲을 떠올렸다. 울창한 숲 속의 수종은 소나무가 아닌 임신부처럼 배가 볼록한 빨마나무지만 그것 외엔 모든 것이 강원도의 풍경과 다를 바가 없었다. 쿠바 동쪽 끝에서 강원도 숲 속을 떠올릴 줄이야, 어느 누가 상상이나 했을까. 오랜만에 깊은 산의 청정한 공기와 시릴 만큼 푸르른 계곡물을 바라보는 것만으로도 향수병이 나을 것 같았다.

산티아고 데 쿠바에서 바라코아까지 비아술 버스로 6시간이 넘게 걸렸다. 아바나를 떠난 지 8일 만이었다. 쿠바 동부로의 여행은 마지막 행선지 바라코아에서 끝날 예정이었다. 원래 보름 일정의 숨 가쁜 여행은 중간 기착지에서 예상과 달리 하룻밤씩만 묵은 탓에 일찍 아바나로 돌아갈 수 있게 됐다.

일행도 없이 무작정 떠난 여행이었다. 중남미 국가 중에서도 치안 유지가 양호한 쿠바라고 하지만 여자가 홀로 여행하기에는 위험한 점이 한둘이 아니었다. 가장 귀찮은 점은 언제 어디서나 말을 걸어오는 남자들이었다. "노 아블로 데 에스빠뇰"(나는 스페인어를 몰라요.)이라고 해도 검은 얼굴을 가까이 들이대고 알아듣지도 못할 말들을 빠르게 쏟아냈다. 여러 번 당한 뒤에는 말을 걸어도 눈도 마주치지 않고 재빨리 지나갔다.

아바나에서 동쪽으로 내려오자 이미 여행의 성수기는 지났고 날씨는 점점 여름을 향해 치닫고 있었다. 쿠바 동쪽을 여행하려면 5월 이전에는 떠나야 한다는 이야기를 들었지만 차일피일 미루다 5월초에 시작한 여행이었다. 어쩔 수 없이 여행하는 내내 한여

CAFETERIA
CASA DEL
Chocolate
II Categoria

름 무더위와 동고동락할 수밖에 없었다. 주변 사람들에게 바라코아는 가장 많이 추천받은 곳이었다. 쿠바의 동쪽 해변에 위치한 바라코아는 산과 강과 바다가 잘 어우러져 있으며 아직 여행객들에게 잘 알려지지 않은 곳이다. 해변의 모래가 환상적이며 사람들도 순수하고 친절하니 오래 머물고 싶은 곳이라 했다. 아바나 직행 비행노선도 있으니 만약을 대비해 여행의 끝은 바라코아로 잡았다. 비행기 값으로 상당한 금액을 지출해야 하지만 좁은 비아술 좌석에서 하루 종일 버틸 생각만 해도 허리가 아파왔다.

산티아고 데 쿠바의 민박 주인이 소개해준 바라코아 까사는 센트로에 있지 않았다. 분명 몇 번이고 확인했지만 회색 콧수염을 만지작거리며 까사 남자는 아무 걱정도 없다. 바라코아는 면적이 작아서 상관이 없다 했다. 하지만 비아술 터미널에 마중 나온 인력거는 한참을 먼지 폴싹이는 좁은 거리를 탈탈거리며 달려갔다. 거의 10여분이 넘게 걸리는 곳이었다. 울퉁불퉁한 흙길을 달려 도착하니 집밖에는 호기심 어린 사람들이 모여 있었다. 하수구 물이 모여 실개천이 되어 흐르는 곳이었다. 물이끼가 시궁창 아래에서 새파랗게 몸을 흔들고 퀴퀴한 비린내와 인력거꾼의 땀 냄새가 뒤섞여 코끝을 자극했다. 시내에서 한참이나 떨어져 있는 걸 보니 불법 까사임에 틀림없었다. 어쩌다 이곳까지 오게 되었을까. 낯선 여행지에서 쉽게 사람을 믿은 나 자신을 원망할 수밖에 없었다.

욕실이 딸린 방에는 중앙에 큰 침대와 구식 엘지 에어컨이 방의 대부분을 차지하고 있었다. 오래된 벽은 연두색 페인트가 낡은 집 껍데기를 뒤집어쓰고 있는 듯 들떠 있었다. 주인이 걸쇠가 걸려 있는 창문을 힘주어 열자 시궁창 냄새가 방안으로 훅 밀어닥쳤다. 바나나 나무가 푸른 그늘을 드리우는 바로 거기 오리 떼들이 실개천을 부리로 헤집고 있었다. 바로 그때였다. 오래된 기억이 시큼하고 비릿한 냄새와 함께 떠올랐다.

언젠가 엄마와 함께 동네 어묵 공장을 갔을 때였다. 공장 입구를 들어서자마자 생선 썩는 냄새가 비위가 약한 뱃속을 휘저었다. 나무 궤짝에 형체를 알 수 없는 생선들이 냄새의 제왕처럼 높은 곳에서 비린내를 내려 보내고 있었다. 더러운 작업복의 사내들이 궤짝 속의 생선을 기계에 막무가내 들이붓고 있었다. 어묵 공장에 가는 엄마를 좋아라 따라나선 길이었다. 그날의 기억이 사라질 때까지 나는 어묵을 먹지 않았다. 엄마 치맛자락 뒤에 숨어서 보았던 생선 눈알과 부풀어 오른 창자와 파리 떼들과 엉킨 물이 흐르던 바닥이 갑자기 먼 이국의 고장에서 기억나다니 생뚱맞기 그지없었다. 한국을 떠난 지 오래되니 기억은 순서도 없이 뒤죽박죽 뒤섞여 나타났다.

대낮에 도착한 바라코아 시내 중심가는 온통 땅을 파헤치며 공사 중이었다. 자글자글 끓어오르는 여름 땡별 아래 속을 드러낸 땅에서 흙먼지들이 날리고 있었다. 센트로에 있는 성당마저 나무 막대로 얼기설기 세워져 있고 긴 포장으로 뒤덮여 있어 온전한 모습을 볼 수 없었다. 아순시온 성당은 지금 보수 공사 중이라고 했다. 성당 바로 앞 작은 공원에는 아투에이(스페인군에 저항한 원주민 추장)의 흉상이 자리 잡고 있었다. 하늘을 향해 당당히 고개를 치켜든 그의 얼굴을 보며 이 땅과 부족을 지키기 위해 스페인군에 항전했던 그의 용기를 느낄 수 있었다. 아이러니하게도 정복자의 성당 앞에 원주민 추장의 흉상이 세워져 있다니…….

소공원에는 벤치가 있고 아침이면 학교에 가기 위해 아이들이 모여들었다. 한가한 오후에는 노인들이 모여 앉아 있었다. 잠시 쉬어가기 위해 앉아 있는 사이, 한 노인이 다가와 말을 걸었다. 눈자위가 불콰한 것을 보니 벌써 한잔 하신 모양이었다. 노인은 "너는 어디서 왔니? 이 먼 곳까지 여행할 수 있어서 좋겠다. 너는 돈이 아주 많은 모양이다. 우리는 돈이 없어서 여행을 갈 수 없다"며 빠르게 말을 뱉었다.

언젠가 쿠바인 친구는 노후를 미리 대비해야 한다는 내 말에 "뽀르께?"(왜?)를 연발했다. 그들은 현재가 중요하며 결코 몇 십 년 뒤 늙었을 때를 왜 지금 걱정하는지 궁금해 했다. 쿠바 정부가 노후를 책임지고 있는 탓인지, 현재에 집중하고 사는 그들의 국민성 탓인지 알 수 없었다. 하지만 노후 걱정이 없다는 말만으로도 충분히 그가 부러웠다. 의료와 교육이 무료이며 일인당 하루에 한 개씩 빵이 배급되는 쿠바. 국가가 국민을 어린아이 취급하며 모든 것을 다 해준다는 비판을 받기도 하지만 미래에 대한 불안감이 현재의 생활을 괴물처럼 집어삼키는 한국의 현실을 생각하면 가장 단순한 것이 해답이 될 수 있다는 생각이 들었다.

나는 노인의 질문에 또박또박 대답을 했다. 돈이 없어서 못 사는 당신들이나, 돈이 많아도 많이 써야 하니 돈이 없는 우리와 사실은 똑같다고 했더니 이해가 안 되는지 고개를 갸웃거렸다. 하긴 자본주의 개념을 쿠바의 순박한 시골 노인이 이해하기란 어려운 일이었을 것이다.

융께 몬따냐를 오르다

바라코아 2

융께 몬따냐YunQue Montaña (융께산)에 등반을 하기로 한 날이었다. 여행사 사무실에 도착하니 일행은 나와 프랑스 남자, 가이드가 전부였다. 더운 날씨 탓으로 다른 관광객들은 모두 해변에서의 휴식을 선택한 모양이었다. 휴화산인 융께 몬따냐는 바라코아 어디에서나 볼 수 있는데 특이하게 산의 모양이 위가 납작한 중절모자의 형상이었다.

올드카 택시를 타고 20여 분을 달려 도착한 곳은 산 밑 작은 마을이었다. 남자들은 마체테Machete (사탕수수를 베거나 밀림에서 길을 낼 때 사용하는 칼) 하나씩 들고 웃자란 풀을 자르고, 여자들은 원색의 빨래를 에네켄 담장에 늘어놓고 있었다. 곧 햇빛에 뽀송하게 말라갈 빨래를 보니 마음마저 산뜻해지는 듯했다. 산으로 오르는 길목에서 만난 어린 여자아이는 예쁜 레게머리를 길게 늘어뜨리

고 있었다. 길가의 작은 초등학교를 보니 쿠바의 무료 교육의 혜택이 미치는 범위가 어디까지인지 궁금해졌다. 동행인 프랑스 남자는 스페인어에 상당히 능통했다. 그가 가이드와 열심히 이야기를 나누며 앞서 걸어가는 사이, 나는 헉헉대며 그들을 뒤따라갈 수밖에 없었다.

융께 몬따냐 입구에 백탁이 섞인 계곡 물이 세차게 흘러내리고 있었다. 물가에 나무로 만든 뗏목이 비스듬히 걸쳐져 있었다. 가이드가 물속으로 뛰어들어 뗏목을 끌고 불안한 나는 거의 뗏목에 주저앉다시피 했다. 프랑스 남자는 뗏목에 서서 카메라로 주변 풍경을 동영상으로 촬영하고 있었다. 뭐라고 열심히 설명을 덧붙이면서……. 흥분한 그의 목소리를 들으니 오늘 우리의 산행이 어떨지 상당히 기대가 되는 모양이었다.

울창한 숲 속에 갖가지 허브나무, 커피나무, 카카오나무, 마메이나무, 그리고 쿠바의 국목인 빨마나무가 하늘을 뚫을 듯 서 있었다. 빨마나무가 숲을 이룬 모습을 보고 있으면 나무의 초록이 반사되어 눈까지 푸르게 물드는 듯했다. 저 큰 잎으로 생활용품을 만드는데 잎으로 지붕을 이고 뿌리는 약으로 사용하고 아니면 말려서 빗자루로 쓴단다. 바라보기에도 좋을 뿐 아니라 쓰임새도 다양한 나무이다. 양 갈래 길이 갈라지는 길목에서 검게 탄 나뭇가지로 뒤덮인 흙구덩이를 발견했다. 쿠바 전통의 요리인 레촌이

익어가는 현장이었다.

시간이 지날수록 햇빛은 강렬하게 쏟아지고 땅은 불타오르는 것 같았다. 빨간색, 파란색, 흰색의 깃털을 가진 토코로로Tocororo (쿠바를 상징하는 새, 쿠바국기 색깔과 같다.) 소리에 정신을 빼앗겼다가 바나나 꽃에 매달려 꿀을 빠는 작은 벌새를 보며 숨죽이며 환성을 지르곤 했다. 성수기가 지난 터라 우리 팀 이외에 달랑 1팀만 볼 수 있었다. 성수기에는 이 좁은 산길이 사람들로 넘쳐난다고. 산을 오르는 중간에 작은 오두막 휴식처를 발견했다. 그러나 문은 굳게 잠겨 있고 주인은 보이지 않았다. 나무 의자에 걸터앉아 탁 트인 정경을 바라보노라니 황홀하다고밖에 표현할 수가 없었다. 밀림이 내뿜는 청정한 향기와 화려한 색색의 꽃과 우뚝 솟은 빨마나무들.

정상에 오르자 바라코아 시내의 전경이 고스란히 내려다보였다. 저 멀리 푸른 바다가 보이고 해안선으로 흰 파도가 달려오고 있었다. 융께 몬따냐의 정상에는 쿠바 독립을 위해 투쟁한, 유명한 독립투사인 안토니오 마세오Antonio Maceo의 흉상이 바라코아 시내를 굽어보고 있었다. 해가 쏟아지고 바람이 불고 폭풍이 몰아쳐도 그는 한결같은 표정으로 굳건히 바라코아를 지켜줄 것이다.

시원한 공기와 멋진 전경 그리고 나무들, 새소리들. 언제 다시

이곳에 올 수 있을까? 문 닫힌 오두막 휴게소를 지나치려는데 주인이 등짐을 잔뜩 실은 소를 끌고 도착했다. 남자는 소를 나무에 비끄러매고 마체테를 꺼내어 과일들을 손질해서 바나나 잎 위에 가지런히 올려놓았다. 바나나, 아직 덜 익은 마메이와 이름 모를 과일을 꿀에 찍어먹었다. 약간 쓴맛이 느껴지는 과일은 갈증을 달래주기에 부족함이 없었다. 얼마의 돈으로 과일 값을 치르고 우리는 하산을 서둘렀다. 코뚜레에 꿰인 이국적인 소의 커다란 눈동자와 울음이 우리 뒤를 오래 뒤따라왔다.

드디어 오리엔테 여행을 끝내고 바라코아 공항에서 오십여 명이 정원인 비행기를 타고 아바나에 도착했을 때였다. 허허벌판에 공항 건물만 달랑 있는 이곳이 대체 아바나의 어디쯤인지 알 수 없었다. 함께 비행기를 타고 온 쿠바인에게 이곳이 어디냐고 물으니 바라코아라고 한다. 바라코아는 우리가 방금 떠나온 곳인데 나는 그가 내 말을 잘못 알아들은 줄 알고 재차 물어보았지만 역시 바라코아라는 답변이 돌아왔다. 아바나에도 바라코아라는 지명이 있으며, 융께 몬따냐의 이름을 딴 레스토랑이 있다는 걸 나는 후에 알게 되었다. 나는 오리엔테의 바라코아에서 아바나의 바라코아로 귀환한 것이다.

쿠바라는 환상

쿠바는 아직 한국에 제대로 알려지지 않은 미지의 나라이다. 사회주의 국가이며 한국과 미수교국이라는 이유도 있지만, 쿠바에서 생활한 사람들이 많지 않기 때문이다. 쿠바 여행을 결행하기까지 〈부에나 비스타 소셜 클럽〉 영화 속의 음악과 춤과 열정과 체 게바라, 피델 카스트로 등 20세기에 성공한 쿠바 혁명의 환상이 한몫을 한다. 하지만 환상을 품고 단기간의 쿠바 여행을 계획하면 쿠바의 진면목을 보지 못한다. 짧은 여행은 보고 싶은 것만 볼 수 있다는 장점도 있지만, 쿠바 여행에서만은 절대적인 단점으로 작용한다. 그리고 영화와 음악으로 접한 환상과 거짓 이미지에서 깨어나지 못하고 또 다른 판타지를 쿠바라는 이름에 덧입히는 것이다.

감성으로 덧씌운 쿠바는 더 이상 쿠바가 아니다. 쿠바는 여행자 각자가 원하는 모습을 개인에게 맞춰서 보여주는 데 탁월하

다. 해풍에 부식된 건물 속에서 마치 유령처럼 살아가는 사람들의 모습조차 눈길을 끈다. 각자에게 맞게 맞춤 유령 같은 모습을 보여주는 쿠바는 세계 어느 나라보다 매력적이다. 아름다운 여자들과 매력적인 살사와 음악과 말레꼰은 메마른 일상생활에 지친 사람들의 아련한 감성을 이끌어내고, 감성은 다시 재생산되고 재생산된 감성과 이미지는 사람들보다 먼저 낡아간다.

영화 속의 이미지와 성공한 혁명이라는 환상은 지금도 계속 소비되고 있다. 쿠바라는 이미지는 소비의 극을 향해 달려가다 어느 정점에 이르러 사라져버리지 않을까. 지구상에서 멸종되어버린 종처럼. 이미지의 고갈이 어떤 상황을 불러올지 알 수는 없지만 영원히 변하지 않는 이미지는 없다.

언젠가 아바나에서 오래 지낸 한국 언니에게 "쿠바에 적응하면 세계 어느 나라든 적응하지 못할 곳이 없겠다"고 말했더니 언니는 그 말이 사실이라며 맞장구를 쳤다. 쿠바가 그만큼 열악하고 그만큼 생활하기 힘든 곳이라는 뜻이리라. 몸과 마음이 쿠바라는 나라에 적응하기까지 얼마의 시간이 필요할지 알 수 없었다.

내 생각과 다른 쿠바의 현실을 느꼈을 때, 쿠바에 덧씌운 이미지가 사라져버리고 맨살의 쿠바를 만났을 때, 나는 무조건 외면하고 싶었다. 스스로 만든 환상에 대한 배신감과 진실 앞에 비루한 나 자신에 대한 환멸감을 감당하기 힘들었다. '쿠바라는 환상'은 환상일 뿐이었다. 우리의 환상 속에서 살아가는 쿠바 사람들은 지금도 생존을 위해 고군분투 중이다.

진정한 쿠바를 알기 위해 완전히 쿠바 사람들 속으로 들어간 한국인 부부 이야기를 들었다. 꿈처럼 영화처럼 그들은 한국인과의 연락을 단절한 채 쿠바인들의 삶 속으로 진입했단다. 선교사 부부이며 아바나대학교에서 쿠바의 역사를 공부하고 있다고 했다. 그들을 만나고 싶었지만, 연락조차 힘들다고 했다. 쿠바를 떠나 한국으로 돌아오기 전이었다. 오스트리아 빈 여행 중 이집트에서 선교활동을 하는 한인 가족을 만났다. 내가 쿠바에 한동안 머물렀다고 하자 아바나에 있는 선교사 부인을 안다고 했다. 새삼 세상이 넓고도 좁다는 사실을 깨닫게 되는 일화였다. 그들은 대체 쿠바에서 무엇을 찾고 있을까? 하루하루가 즐거울까? 절망과 회의에 빠지지는 않을까? 사소하게 부딪치는 모든 어려움을 종교의 힘으로 해결하겠지만, 제발 한국의 잘못된 종교가 아니었으면 정말 좋겠다고 생각했다.

쿠바와의 열애

한국으로 돌아와 한동안 쿠바에 대해 어떤 것도 떠올리기 싫었다. 말하기도 귀찮고 그저 쉬고만 싶었다. 이게 무슨 증상인지, 나는 그저 그곳이 너무 멀어서라고, 몸이 힘들었기 때문이라고 간단히 치부해버렸다. 그러나 마음 깊은 곳에서는 거짓이라는 것을 잘 알고 있었다. 굳이 그 사실을 인정하고 싶지 않았다. 알지만 도망치고 싶고 회피하고 싶은 마음에서 벗어나기란 쉬운 일이 아니었다. 이 깊은 절망을, 큰 태풍이 지나간 후의 후폭풍 같은 양가적인 감정을 타인에게 설명하기란 더더욱 힘들었다.

가족과 지인들은 의아하다는 듯 바라보기 일쑤였고, 위로받지 못하고 상처받은 나는 몸과 마음이 피폐해졌다는 핑계로 두문불출했다. 쿠바에서 지내면서 하루 대부분을 체력 훈련하듯 걸어 다녔는데, 지난 몇 달간 집밖은 쳐다보지도 않았다. 쿠바에서의 8개월은 대체 내게 무엇을 남겼는가? 예정된 기간인 6개월을 지내고 2개월을 더 체류하겠다고 마음먹은 자체도 지금 생각하면 의문이다. 쿠바가 열렬하게 좋아서도 그리고 뭔가를 위해서도 아니었다. 다만 시간이 너무 짧다는, 아무것도 한 것이 없다는, 아직 쿠바를 제대로 알지 못한다는 생각 때문이었다. 나는 8개월 동안 근처 중남미 여행을 떠나지 않고 오직 아바나에 머물렀다.

카스트로와 체 게바라가 성공한 혁명의 나라. 정열적인 살사의 나라. 이 땅에 첫발을 디딘 콜럼버스가 '파라다이스'라고 격찬한 나라. 스페인이 중남미에서 마지막 교두보로 점령하고 끝까지 내어주지 않으려고 한 나라. 미국의 코앞에서 경제보복과 전쟁 위협을 50년 넘게 버티고 있는 나라. 한국과 미수교국인 나라. 1박 2일의 여정을 거쳐 도착한 나라. 인종 차별이 없는 나라. 교육과 의료가 무료인 지상 천국의 나라. 유기 농업으로 유명한 나라. 피델 카스트로가 동생 라울 카스트로에게 권력을 물려준 나라. 스페인풍 식민지 건물이 즐비한 나라. 건물이 허물어지고 부서져도 수리하지 않는 나라. 말레꼰의 연인들과 가족들. 엘 모로성이 지켜주는 나라. 세계에서 가장 특이하고도 이상한 앨리스의 나라. 무너져가는 건물의 문을 열면 사람들이 옹기종기 살고 있는 유령 제국 같은 나라. 무엇이라고 규정할 수 없는 야누스의 얼굴을 가진 나라.

자글자글 끓는 속을 진정하기란 쉬운 일이 아니었다. 그동안 몇 편의 쿠바 여행 에세이를 써야 하고 시를 발표해야 했다. 세미나에도 참석해야 하는데 하기 싫고 힘들어서 몸이 먼저 아파왔다. 몇 자 적은 여행기는 도저히 제대로 퇴고할 수 없었다. 글에 책임을 질 수 없어서 원고 청탁을 거절했었지만, 어쩔 수 없어 그냥 내보낸 여행기는 꼴도 보기 싫어 그날 이후로 쳐다보지도 않았다. 사람들이 넌지시 충고를 해도 이미 어쩔 수 없는 일이었다. 나로서는 죽기보다 싫은 글쓰기였다. 그 와중에도 나는 쿠바의 지인에게 꼬박꼬박 메일을 보냈다. 그곳은 어떠냐고……. 그곳의 날씨와 그곳의 사람들과 그곳의 상황을 알고 싶었다. 이 또한 이해 불가능한 나의 행동이었다.

그러다 어느 날, 문득 나는 깨달았다. 나의 증상이 연애의 증상과 아주 유사하다는 것을. 어쩌다 나는 나 자신도 모르게 쿠바라는 애인과 8개월 동안 열애를 한 것이었다. 따져보면 쿠바와의 연애는 모든 연애 감정을 경험하게 하는 엄청난 열애였다. 사랑에 빠진 연인의 사랑, 절실함, 아픔, 집착, 고통, 두근거림, 이별 등 그 모든 감정의 파노라마를 경험했다. 고전에 길이 남을 지리멸렬한 사랑 한 판을 거하게 치르고 돌아온 것이다. 산전수전 공중전 열애를 치르고 돌아왔으니 한동안 후유증을 겪는 건 당연한 일이었다. 온갖 감정의 찌꺼기들이 여러모로 몸과 마음을 괴롭혔으니, 어찌 연인 쿠바에 대해 단 한마디라도 말하고 싶겠는가.

내 사랑은 참으로 독하고 힘들었다. 사랑과 증오의 단계를 서서히 보내고 나니 이제야 편안하다. 하지만 아직도 쿠바라는 이름만 들어도 가슴 한구석이 아련하게 아파온다. 그리고 그 모든 사랑이 끝났음에도 불구하고, 쿠바는 여전히 매력적인 애인이다.